Davide Destradi

QUANDO LA PARTI?

Una storia di trasporto,
emozioni e capolinea

White Cocal Press

In copertina
Disegno di **Sara Paschini**

Letture
Nicoletta Magnani

Video
Alessandro Kaiser

Direttore editoriale
Diego Manna

Edito da
White Cocal Press
via Biasoletto 75
34142 Trieste
manna@bora.la
www.bora.la

Prima edizione: giugno 2023
ISBN 978-88-31908-76-4

NOTA DELL'AUTORE

Tu che adesso tieni questo libro in mano potresti rientrare in una di queste due categorie di lettrici e lettori.

La prima: hai letto *La smonta la prossima? Una vita in corriera*, ti sei divertito e hai riso con i racconti della dentiera, della frittella, della coppia disinibita. Conosci come scrivo, il mio modo di vivere l'autobus con correttezza e tanta autoironia. Ti aspetti che questo sia il volume numero 2, rappresentando il suo esatto proseguimento, con una nuova serie di aneddoti.

Ecco, a te, io ho l'obbligo morale di dire che ciò che leggerai non è un seguito, bensì una nuova storia ricca di emozioni, che si svolge comunque all'interno di un autobus.

La seconda: non hai idea di chi rientri nella prima categoria, chiedendoti cosa c'entri una dentiera con gli autobus. Sai solo adesso dell'esistenza di un libro precedente (lo trovi ancora in libreria!) e non sai cosa attenderti da questo.

Chiunque tu sia, ti invito a salire sul mio autobus.
Lasciati trasportare!
Oblitera il biglietto che si parte.
Forse...

1.

Vado al mare e torno.
Vado al mare e torno.
Vado al mare e torno.

No! Non sono pazzo!
E nemmeno tremendamente indeciso.

Sono l'autista dell'autobus della linea 6 a Trieste e per la terza volta sulle cinque totali odierne mi godo gli otto minuti di pausa al capolinea.

Non quello in città situato accanto alla chiesa di San Giovanni in piazzale Gioberti, ma quello nel porticciolo di Grignano, il mio capolinea preferito.

Grignano è una piccola località situata all'interno di una baia sul versante settentrionale del promontorio ove sorge il castello di Miramare, a circa sei chilometri dal centro di Trieste.

Il capolinea è perpendicolare al molo, a due metri dal mare.

Per raggiungere l'ultima fermata l'autobus deve percorrere dei tornanti che rappresentano l'unica via di accesso, tralasciando, ovviamente, la scalinata che porta al parco di Miramare e qualche altro passaggio pedonale e, nella bella stagione, la linea marittima.

Mi guardo attorno e mi accorgo che il golfo della mia città ha la forma di un abbraccio, mentre i rilievi del mio amato Carso sembrano spalle su cui appoggiarsi.

Dicono che guardare il mare rilassi, stimoli, illumini, renda felici e migliori il sonno.

In sostanza, gli effetti del mare sono dovuti al fatto che rappresenta una sorta di "vacanza" per il nostro cervello rispetto all'eccesso di stimoli a cui lo sottoponiamo ogni giorno.

Ora, non so valutare se a un autista d'autobus faccia bene spegnere o rallentare parte del cervello per pochi minuti e poi in qualche istante ritrovare concentrazione e riflessi per risalire i tornanti e ributtarsi nel traffico. Quello di cui sono certo, invece, è che davanti al mare ho una postura eretta, respiro aria sana a pieni polmoni e dimentico il cellulare che costringe tutti noi a chiuderci sia fisicamente, facendo la gobba, sia mentalmente, estraniandosi da tutto ciò che ci circonda.

Proprio questo sto facendo oggi, otto marzo, in una giornata a dir poco gelida, con in previsione un imminente peggioramento con nevicate anche sulla costa.

Il mare d'inverno, come cantato da Loredana Bertè, ha meno colori, ma incanta comunque con questa superficie che oggi sembra una pelle con le rughe create dal vento. Ammiro la lenta danza delle piccole imbarcazioni ormeggiate all'interno del porticciolo e mi sento cullare.

Guardo a destra e a sinistra e mi rivedo sedicenne, in una mattina di maggio, arrivare con il mio cinquantino dopo aver marinato la scuola. Calzava a pennello la canzone di Cesare Cremonini coi Lunapop, *"quanto è bello andare in giro con le ali sotto i piedi, se hai una Vespa Special che ti toglie i problemi"* e ancora *"La scuola non va, ma ho una Vespa, una donna non ho, ho una Vespa, domenica è già, e una Vespa mi porterà... fuori città"*.

Io e tre miei compagni di classe, una volta raggiunto il lungomare accanto allo stabilimento balneare, pensammo bene di prendere in prestito una piccolissima barca a remi che a malapena ci teneva a galla, ma a sedici anni hai più goliardia e voglia di divertirti che ragione o coscienza.

Senza indugio alcuno la mettemmo in acqua, entrammo scalzi lasciando le scarpe e lo zaino di scuola sugli scogli. Andammo al largo, le onde ben presto aumentarono, i piccoli remi in plastica non ressero la nostra forza e si spaccarono. Solamente le enormi boe gialle dell'allevamento di cozze fermarono la nostra deriva!

Bisognava trovare assolutamente il modo di rientrare a riva. Con il primo bagno della stagione e le ampie e faticosissime bracciate riuscimmo a riportare la barchetta al suo posto, perché in fondo eravamo solo degli allegri cretini ma ladri mai.

Di scarpe ne ritrovai solo una, cosicché ritornai a casa abbronzato, stravolto, stanco e mezzo scalzo facendo credere che le due ore di ginnastica all'aperto mi avessero provato fisicamente come non mai.

Dormii tutto il pomeriggio, facendo preoccupare i miei genitori e non preparando gli studi nemmeno quella volta per la giornata successiva.

Al capolinea sorrido a quel ricordo e le coccole che mi arrivano dalla brezza sempre più fresca contribuiscono ad uno star bene completo.

Come la più orribile delle sveglie che spezzano un bel sogno, un lungo bip richiama la mia attenzione obbligandomi a rientrare nella cabina di guida. Dato che con le moderne tecnologie sono parecchi i sensori che possono segnalare avarie interne, impiego qualche secondo a capire che non è il suono della pressione dei pneumatici, non è la mancanza d'aria nei circuiti o il segnalatore di ostacoli negli angoli, ma semplicemente la radio.

Una comunicazione dal centro-radio non è mai qualcosa di piacevole: nessuno ti dirà mai che c'è un aumento di stipendio, che il contratto è stato finalmente firmato o che oggi puoi finire prima e andare a casa in anticipo. Di solito c'è la ricerca di ore straordinarie o variazioni di percorso che allungano la corsa a parità di tempo.

"Treno 2 della linea 6 a Grignano in ascolto", dico.

"Rimani fermo fino a nuovo ordine. C'è un incidente sui tornanti con un grosso mezzo incastrato in obliquo. Avvisa gli utenti che, per chi vuole, possono raggiungere le altre 6 a piedi salendo i tornanti e, compatibilmente con la neve in costante aumento, invertiranno il senso di marcia senza scendere a Grignano. Non ci sono altre possibilità. Rimani lì e, ad incidente risolto, verranno eventualmente i meccanici a montarti le catene, perché il meteo sta peggiorando. Tutto chiaro?"

Mi si pianta un sorriso in faccia perché, per fortuna, a fine turno non ho particolari impegni inderogabili, quindi posso rimanere sereno, tranquillo (e pagato!) nel mio posto preferito.

"Tutto chiaro, buon lavoro capo!" con quell'augurio quasi ironico come a dire "lavora tu che io riposo".

Resta ancora un dovere da compiere: riportare tutto per filo e per segno all'utenza, spiegando che le uniche due soluzioni possibili sono salire a piedi affrontando il gelo oppure attendere qui dentro l'evolversi. Quattro studenti stranieri scendono e si avventurano a piedi, gli altri rimangono seduti, annuendo per confermare di aver compreso.

"Mi scusi..."

Ecco. Come non detto. Spiego tutto bene e adesso mi arriverà la solita domanda o affermazione senza senso come "Quando la parti?" o "Per me che ho l'abbonamento cosa cambia?" a cui si prova, con innegabile fatica, a rispondere in maniera educata ed esaustiva prevenendo altri ragionamenti che nella mia testa non sembrano aver senso.

Invece...

"Mi scusi se la disturbo, è lei l'autore del libro *La smonta la prossima - Una vita in corriera?* Mi sembra di averla riconosciuta, nonostante sciarpa e guanti."

Che bella sorpresa!

Mi era già capitato, senza falsa modestia, un paio di volte subito dopo l'articolo a tutta pagina con fotografie sul quotidiano locale, ma a distanza di mesi riempie d'orgoglio.

"Sì signora! Sono io e mi fa molto piacere essere riconosciuto. Le è piaciuto il libro?"

"Piaciuto è dir poco!" risponde la simpatica signora e continua "Per quelli che come me passano ore in autobus è stato un toccasana sotto pandemia, ho riso dall'inizio alla fine. Le so tutte a memoria! Potrebbe raccontarmene ancora una, dai, dato che rimarremo fermi chissà per quanto?"

"Certo, volentieri! Mi faccia pensare" e guardandomi in giro cerco uno spunto per un aneddoto divertente.

"Ecco! Ero proprio qui! Era un'estate di parecchi anni fa, un camper con le biciclette appese posteriormente stava facendo manovra ma sbagliò completamente misure e in retromarcia la bicicletta impattò violentemente sul parabrezza dell'autobus rompendolo. Il parabrezza rimase su ma si formò una enorme ragnatela di fratture in ogni direzione. Ovviamente nessuno si ferì, le responsabilità ammesse e le scuse immediate mi permettono oggi di parlarne in modo leggero, ma fu chiaro da subito che quell'autobus non possedeva più le condizioni di sicurezza per proseguire il servizio. Arrivò l'altro autobus della linea 6 e per gli utenti ci fu solo un ritardo, mentre io dovetti aspettare i meccanici.

Con martello e pinze demolirono il vetro e li aiutai anch'io con scopa e pattumiera a raccogliere i vetri gettandoli nella campana di raccolta lì vicino.

Consultando il centro-radio aziendale mi chiesero: 'È estate, ci sono trenta gradi, bisogna riportare il bus in deposito, te la senti di guidarlo tu con un po' d'aria in faccia e con i cartelli ovviamente in Fuori-servizio?'

'Sì, certo! Nessun problema!' risposi.

Ora, si immagini signora, ero come Sandy Marton in *People from Ibiza.* Avevo ancora i capelli all'epoca e guidare per tutto il lungomare con l'aria in faccia mi riportò alla giovinezza e alla spensieratezza dei viaggi in Vespa.

Nessuno se ne accorse e non mi fermai mai, ma una volta giunto in città e bloccato ad un semaforo, una signora si avvicinò cercando di leggere meglio il cartello luminoso. Mi chiese ad alta voce che numero fosse. Se avessi aperto la porta avrei rischiato che qualche frammento di vetro cadesse a terra, così mi sporsi con tutto il busto in avanti ben oltre la misura della facciata anteriore, dicendo 'No signora, niente! Vado in deposito'. Quella visione di un omone che oltrepassa il vetro fuoriuscendo per buona parte spiazzò lei e altri tre utenti sul marciapiede. Si ricorda quando uscirono i primi occhialini da indossare per vedere il film in 3D? Ecco, come lo spettatore che si vede arrivare qualcosa addosso fuoriuscendo dallo schermo, ho visto lo stesso spavento in alcuni di quei pedoni, altri risero, la signora rimase bloccata con gli occhi sgranati che ho ancora ben impressi nella mia mente! Ahahahah! Rido ancora al solo ricordo!"

La signora apprezza parecchio ridendo di gusto.

"Complimenti! Fortissimo! Piacere Patrizia."

"Piacere mio, Davide."

Patrizia è alta un metro e sessanta circa, ha un viso solare e rotondo contornato da capelli corti e un po' ricci, che non tinge più da tempo.

Si dimostra dinamica e vivace, pronta al sorriso anche se ogni tanto traspare un velo malinconico sul suo viso.

Tolgo il guanto e stringo la mano alla simpatica signora e, contemporaneamente al gesto, penso che presentarmi a lei senza calcolare gli altri due utenti sia da maleducati, così vado anche verso gli ultimi sedili in fondo.

"Ciao anche a voi. Piacere, Davide."

"Luca, piacere", mi risponde un giovane signore dai capelli bruni. Accanto a lui un ragazzo che si presenta come Andrea, forse diciottenne, quindi difficilmente figlio di Luca che di anni ne avrà trenta o al massimo trentacinque.

Proprio quando sto tornando al centro dell'autobus, una prima fortissima raffica di vento sembra quasi volerci buttare in mare da quanto fa oscillare il mezzo.

"Signora Patrizia, a proposito del vento, si immagini che io e una signora ieri eravamo con le lacrime dal ridere! Mentre aspettavo che scattasse il verde al semaforo di via Molino a vento, un signore ha aperto il portone, aveva al guinzaglio un cagnolino con un musetto simpaticissimo che sembrava pensare 'io con sto freddo non esco', il portone con un refolo si è chiuso sbattendo e tagliando il guinzaglio, il cagnolino è rimasto al calduccio e al sicuro dentro il portone mentre il signore imbacuccato con sciarpa e cappello è uscito convinto che il cagnolino fosse rimasto al passo come sempre. Ha fatto tre metri con questa corda a penzoloni, ma una volta resosi conto di essere solo ha iniziato a guardarsi in giro e, non trovando il cane né a destra né a sinistra, ha guardato anche in alto, come se le orecchiotte gli avessero fatto da ali!

Con qualche colpo di clacson e gesti inequivocabili lo abbiamo avvisato subito, ha riaperto il portone e, non so se lei ha animali, ma io la faccia di quel cagnolino me la ricorderò per sempre: sembrava si vergognasse per lui, lo ha guardato da sotto in su e sembrava gli dicesse 'te son proprio mona!' Ahahahah!"

Patrizia ride di gusto:

"Ahahahah! Certo che me lo immagino quel musetto! Mia figlia ha una cagnolina, mentre io ho avuto un gatto. Sa, Davide, abbiamo in comune la passione per la scrittura e alcuni dei miei racconti sono proprio su animali. Se lei ha piacere..."

"Aspetti signora Patrizia, ma riusciamo a darci del tu?"

"Volentieri! Allora se hai piacere ti leggo questa storiella, sul cellulare e nelle mail li ho salvati tutti".

Ecco, per un unico secondo ho l'enorme dubbio di essermi infilato in un tunnel dal quale avrò qualche difficoltà ad uscire, per educazione rispondo di sì, che il piacere di ascoltare ce l'ho, ma è altrettanto vero che la solarità di questa signora potrebbe regalarmi qualche sorpresa, quindi

mi sistemo davanti a lei tutt'orecchi (e non solo perché le
ho un po' a sventola!).

2.

"Aaaaaaaaah! Mi piscio addosso! Me la faccio addosso! Me la faccio addosso! Se questa mia padrona non arriva entro cinque minuti mi piscio addosso per davvero! Ma sono in questa casa da un paio di giorni e vorrei fare bella figura e rimanerci. Ah che brividi, me la faccio addosso aiuto!

Aspetta che guardo un po' in giro: non capisco se questo giornale a terra in bagno possa essere per me, perché il mio primo padrone di anni fa, il mio vecchietto, bello lui, leggeva quando si sedeva in bagno ed io non potevo rosicchiare o bagnare la carta, ma ero piccola. Domani mattina prima che lei esca dovremo chiarire in qualche maniera questa storia.

Sento un rumore, è lo stesso di ieri, mi sembra stia arrivando, menomale!

Ma cos'è quest'aria? All'improvviso un giro d'aria. Ma no! È la mia coda!

Non me lo ricordavo nemmeno come si scodinzolasse!

Ieri ho mosso un po' la coda appena entrata in questa casa nuova e ho tirato giù un gattino di ceramica. Lei mi ha perdonato subito ma ha iniziato a parlarmi delle leggi della natura, di cani e gatti, ma io dall'emozione avevo solamente sbagliato misura.

Eccola qua! È arrivata. Acciaociaoccciao!

Ah sì grattami! Grattami qua, ah che bello! No, la pancia no ti prego! Che mi piscio addosso! Per fortuna resisto.

Ecco brava, prendi il guinzaglio e il collarino. Però un giorno cercherò di farti capire che ho tredici anni canin_ e questo collarino fucsia coi brillantini andava bene una volta, quando facevo i croccantini-party ballando il can-can.

Oh finalmente siamo fuori e... Aaaaah adesso queste piante del giardino cresceranno meglio.

Guarda che ti è caduta una pallina gialla. Tieni.

Ma sei fuori? Te la do e tu la ributti via? E fino a laggiù!

Cosa? Vado io? Dovrei andare io che mi mostri la direzione con il dito?

Ok, vado io ma non corro da anni, saltello un po', zampetto, nemmeno mi ricordo come si fa!

Guarda che bello: le orecchie mi vanno all'indietro e sembro tutta pettinata, ho le fossette vicino alla bocca o rido? Sto proprio ridendo!

Ehi! Fermo là tu! Quella pallina è mia, cioè della mia padroncina, lasciala!

Ok, va bene, annusami un po' ma devo tornare indietro da lei.

Mi dice: 'Che buon odore hai! Cosa usi? Christian Dog o Dolce e Cagnara?',

Ahahahah! Mi fa proprio ridere, e per fortuna ho fatto la pipì poco tempo fa altrimenti me la facevo addosso e sai che figura!

Ascolta, dato che sei forte e simpatico ma sei ancora legato, tira leggermente e vieni con me che presentiamo il tuo padroncino alla mia così potremo vederci ancora.

'Piacere!'

'Piacere mio.'

E fu così che mia figlia conobbe mio genero."

Ad applaudire non sono solo io ma anche Andrea e Luca, che hanno staccato gli occhi dai propri cellulari e, dato che probabilmente dovremo trascorrere qualche ora insieme, al mio invito di sedersi al centro accanto a noi non ci pensano due volte.

Ed eccoci qua: un gruppo completamente disomogeneo, formato da una ultrasettantenne, un cinquantenne, un trentenne e un diciottenne. Potremmo essere alla prima riunione degli alcolisti anonimi dove nessuno conosce nessuno e deve appena presentarsi.

Potrei dire "Ciao sono Davide e da due minuti non dico stronzate", attendere il saluto in coro "Ciaooo Davide" per poi dover confessare al gruppo di ascolto chissà quale difficoltà esistenziale.

In realtà non c'è alcun imbarazzo, ma una curiosità voglio subito levarmela rivolgendomi al più giovane: "Ehi Andrea, dicci la verità, hai la batteria del cellulare quasi scarica per rinunciare a qualche giochino in collegamento online con i tuoi amici e venire qua con noi 'vecchietti'?"

"No, no! Con mio zio ho riso molto a questi racconti, inoltre non sono molto preso né dai giochi né dai social, ho solo avvisato a casa."

Interviene Luca, che ho appena scoperto da quale rapporto di parentela è legato al ragazzo: "Confermo assolutamente! Ricordo che anni fa un suo coetaneo lo ha invitato a casa sua a pescare. Al momento io non avevo capito ma esiste davvero un videogioco dove tu comandi una canna da pesca e tiri su pesci virtuali di varie misure. Fortunatamente lui ha replicato all'amico dicendogli di aggregarsi a noi, di venire a pescare da un molo vero che forse un pesce di varia misura lo avremmo preso e mangiato veramente!

Così lui è spesso con me, il suo amico un po' meno, ma mi sa che oggi è stato più saggio lui a rimanere al calduccio a casa".

"Ehi Davide, ammettilo, pensavi fossimo due barboni in cerca di calduccio seduti là dietro?" mi chiede Luca.

"No, sinceramente no. Con tutti i controlli, le telecamere e le multe ne portiamo di meno. Ricordo tante persone in difficoltà che, in effetti, si rifugiavano negli ultimi sedili e per me era umanamente il gesto più difficile del mio lavoro doverli far scendere, ma certi emanavano troppo odore e qualche utente non riusciva proprio e resistere comunicandomelo. Rispetto comunque ad altre grandi città siamo messi bene eh, sono stato a New York l'anno scorso e la situazione clochard è un disastro. Qui varia molto da zona a zona perché se scendi dalla 29 in Piazza Goldoni e cammini verso Piazza Ponterosso o via Carducci ti imbatti forse solo in quella povera signora con i capelli tipo rasta o dreadlock che sta sempre seduta a terra fissando il cielo. Mi son sempre chiesto se sta lassù la causa del suo disagio, se da piccola compariva in qualche foto delle elementari con la lavagnetta in mano e la scritta col gesso 1ª C e magari qualcuno qualche volta l'ha cercata. Ho provato a parlarci una volta ma fu impossibile. Ecco, lei l'autobus non lo prende quasi più.

Nella zona della stazione centrale la situazione cambia come in quasi tutte le stazioni. Ora vi racconto una storia di diversi anni fa".

3.

"Una sera, parecchi anni fa, in attesa di partire dal capolinea, vidi dei volontari offrire dei panini a delle persone in difficoltà.

Ebbene uno di questi prese il panino, lo addentò, lo aprì, ne disprezzò il contenuto e lo lanciò via per la gioia di due gabbiani ingordi.

Un gesto che mi infastidì parecchio: ma come... decidi di metterti ai limiti quasi estremi della società e ti permetti di denigrare il cibo, dimenticandoti che qualcuno farebbe sicuramente i salti mortali per quel panino?

Lo seguii con gli occhi, si sedette su una panchina più defilata, si portò la mano alla bocca nel chiaro gesto di chi sta soffrendo molto per i denti. Scoppiò a piangere facendomi ulteriormente ragionare su quale storia possa esserci dietro a ogni persona qui intorno. Un suo amico gli portò una bottiglia che lui bevve quasi interamente, usando quello stordimento come analgesico.

Fu l'ora di partire ma mi ripromisi di voler far qualcosa nel caso mi fosse capitato un contesto analogo.

Ironia della sorte, alla fermata successiva mi accodai ad un altro autobus sul cui vano posteriore c'era un cartello di sensibilizzazione che recitava così: 'Alcool, tu lo bevi, lui ti mangia'. In poche parole spiegava tutta la gravità di quelle situazioni e chissà quale gesto avrei potuto fare in suo soccorso.

Due ore dopo, completato il giro, scesi per sgranchirmi un po'. Mi diressi verso quella panchina sulla quale non c'era più quell'uomo ma una figura leggermente più minuta. Ci passai davanti e guardandola incrociai due occhi bellissimi. La ragazza era tutta coperta da abiti non puliti, una sciarpa con qualche buco, un cappello che in realtà le stava bene ma visibilmente usurato. Sembrava patire il freddo, abbozzò un sorriso, per poi abbassare il capo quasi di vergogna.

Quasi urlai dentro di me: 'Allora Davide! Dici sempre che vorresti salvare il mondo e non ti smuovi nemmeno per questi occhi?'. Come se chi possiede occhi bellissimi non possa vivere delle difficoltà!

Dovevo fare pipì ed entrare in un bar senza consumare mette sempre un po' di imbarazzo. Eh già, perché di caffè ne avevo già bevuti due e la pastiglia per la pressione che cavolo la piglio a fare se ci aggiungo tre o quattro tazzine al giorno.

Ogni circostanza sembrava portare da una sola parte: far preparare alla barista un caffelatte bollente, usare il wc, rifocillare la ragazza e nei rimanenti due minuti prima della partenza tentare di capire il da farsi.

La voce maligna interna urlò nuovamente: 'Ma allora tu non vuoi salvare il mondo, vuoi trombartela!'.

Mi convinsi che no, che chi patisce il freddo deve riscaldarsi, punto.

'Spero tu non ti offenda, ti ho portato un bicchiere caldo, il profumo di caffè sembra buono, piacere Davide', le dissi.

Ero pronto anche a stringerle la mano, ma lei mi ringraziò e la mano la allargò solamente, come se avesse la consapevolezza di non poter fare quel gesto per la poca pulizia delle stesse.

Mi disse di chiamarsi Camilla, di avere ventisei anni, ovvero tre in meno di me all'epoca, e che stava pensando di iniziare a fumare scroccando qua e là solo per scaldarsi.

Mi dispiace, le dissi, non ho mai fumato e mai fumerò, ma in quel momento potevo offrirle un giro sul mio Mercedes, ridendo, autobus intendevo.

Gli occhi quando sorrideva erano ancora più belli. Pensai: ma ci si può innamorare solamente degli occhi? Perché bardata così com'è qualsiasi altra parte del corpo non posso nemmeno immaginarla e ho sentito a malapena tre parole. Beh anche la voce era bella!

'Senti,' le dissi, 'adesso devo proprio partire, posso lasciarti il mio numero di telefono?' E senza attendere il suo sì avevo già strappato un foglietto dall'agendina di lavoro.

'Ci si vede', disse mettendo il foglio in tasca.

Per guidare serve più concentrazione di quanto si pensi ma a me quegli occhi avevano proprio colpito. Che mi fossi già innamorato? Due ore dopo, al termine dell'ultimo giro buttai l'occhio in giro, ma complice la pioggia abbondante non c'era quasi più nessuno.

Rimase la speranza del telefono, ma quella sera non squillò. Il giorno successivo ricordo di non aver guidato un bus con il capolinea in stazione, non ci passai nemmeno nei paraggi, ma mi ripromisi di recarmi lì appena terminato il turno.

Una volta ricevuto il cambio dal collega ricordo che camminai velocemente, quasi corsi pensando 'ma sta a vedere che mi sono innamorato veramente!'.

In piazza della Libertà, difronte alla stazione, andai dritto verso quella panchina, ma risultò occupata da due omoni, guardai a destra, poi a sinistra, scrutai ogni panchina, fino a quando la vidi.

Andai a mani vuote convinto di esaudire il suo desiderio o esigenza.

'Ciao Camilla', le dissi.

'Ciao driver', replicò.

'Ho finito di lavorare, per caso ti andrebbe qualcosa da mangiare? O da bere, come preferisci, ma sappi che sono astemio!', le dissi, pensando di fare chissà quale spiritosaggine, avendo completamente dimenticato di trovarmi in una zona dove cartoni di vino e lattine di birre prolificano!

'Ok,' rispose, ma precisò, 'porta qui sulla panchina perché non me la sento proprio di entrare in alcun posto, cioè sono consapevole di non essere molto presentabile ma mi irritano tutti quelli che guardano e giudicano'. Acconsentii anche perché provavo davvero pena e io da quella situazione volevo proprio farla uscire.

'Sei single vero?', mi chiese a sorpresa.

'Sì, ma come fai a saperlo? Ah forse hai visto che non ho l'anello al dito?', ribattei.

'Beh sì, anche quello, ma soprattutto i pantaloni, non sono stirati benissimo, non sicuramente da una donna, penso li abbia stirati tu forse in fretta o alla bene meglio'.

Mi sorrise beffardamente e anche gli occhi sembrarono più vispi.

Ma guarda te, pensai, se devo beccarmi un cazziatone da chi non solo non li ha stirati i suoi di pantaloni, ma nemmeno lavati, però la battuta e l'osservazione sono da gran osservatrice, wow, dissi tra me e me.

'Ascolta,' le dissi, 'posso proporti una cosa? Ma ti giuro

non ho secondi fini. Vado a prendere la mia automobile (non volevo metterla in difficoltà in un autobus affollato) torno qui a prenderti, ti accompagno a casa mia, ma io nemmeno entro giuro, e mentre ti fai una doccia porto tutto quello che hai in una pulitura veloce, ti riconsegno gli abiti puliti, puoi usare il mio accappatoio nell'attesa e poi andiamo a mangiarci una buona pizza. Senza impegno, ti va?'

Camilla disse: 'Ok'.

Niente di più niente di meno, ma sufficiente a buttarmi addosso un entusiasmo che non provavo da qualche anno.

Presi l'auto, la parcheggiai nella fermata della 41, bravo asino! Ma in realtà conoscevo gli orari e quella fermata sarebbe rimasta libera per una buona mezz'ora ancora, ero in multa certo ma in fondo lei doveva solo salire. Già, lei. E dov'era finita? Corsi verso la panchina. Mi prese un colpo alla bocca dello stomaco: era vuota.

Guardai a destra, poi a sinistra, niente. Ricordo che camminai accanto ad ogni palazzo, attesi davanti ai bar con le toilette occupate sperando di vederla uscire. Niente. Mi recai in stazione esaminando la zona giorno, la zona notte, gli spazi tra il binario uno e il due, tra il due e il tre guardando ove possibile già verso il sei il sette e l'otto. Niente.

Che cavolo era successo? A chi potevo chiedere informazioni?

Provai alla Polizia ferroviaria ma non mi furono di aiuto.

Spostai l'automobile in un parcheggio a pagamento perché io di arrendermi non ne volevo proprio sapere. Corsi fino al dormitorio dove nessuno, però, l'aveva mai vista prima. Infine chiesi esasperato a chi stava seduto sulla nostra panchina, descrissi la ragazza e lui finalmente capì.

Disse 'Ah sì, Alessia!'

'Ma non Alessia, Camilla Camilla! Si chiama Camilla', urlai al povero malcapitato già con le sue difficoltà.

Gli chiesi scusa, gli allungai qualche moneta.

'Te la descrivo nuovamente', dissi.

Lui ahimè rispose: 'A me ha detto di chiamarsi Alessia, mi ha salutato, ha detto che doveva partire, ci siamo augurati buona fortuna e non ti so dire altro. Ora però non urlare perché hai una faccia sconvolta e io non centro niente'.

Lo salutai, mi scusai ancora, feci di corsa nuovamente tutte le banchine della stazione, raggiunsi anche la stazione delle corriere. Ma niente."

Patrizia, avendo già capito tutto, esclama: "Povera ragazza!"

Mentre Luca e Andrea sono con la bocca aperta, attendendo un lieto fine.

"Nessuna notizia più," dissi e continuai. "Volevo salvare Camilla o Alessia o come cavolo si chiamava, volevo fare a modo mio, sono entrato in un mondo delicato in cui la gente fugge e raramente ha voglia e forza di far passi così grandi, ha evidentemente paura di rientrare, di ripartire, di rimettersi in gioco, forse anche di chiedere scusa o ricevere scuse o rimproveri, chissà. Guardai 'Chi l'ha visto?', la trasmissione di Raitre specializzata in situazioni simili per tre settimane di fila, sperando che qualcuno la cercasse, telefonai anche alla redazione per capire se qualche ricerca o scomparsa combaciasse.

Nulla di nulla.

Feci solo esperienza, ci vuole molto più tatto e consapevolezza per 'salvare qualcuno'.

Non ne fui capace e a ripensarci l'innamorato, perché mi sa che mi ero davvero innamorato, ero solo io.

Lei non si era mai sbilanciata più di tanto ed ero io che

avevo corso come un pazzo! Avevo deciso tutto per non vedere più una creatura così meravigliosa mangiata dal lato oscuro della nostra società, inghiottita nel mistero.

Pazienza, chissà che libro o racconto meraviglioso starà scrivendo Camilla. O Alessia."

Nell'autobus cala un silenzio quasi di meditazione e tristezza.

"Brrrr!", esclama Luca. "Chissà quanti senzatetto saranno in difficoltà ora! Inizia a far freddo anche qua dentro! Sapete dove mi piacerebbe essere adesso? In una bella sauna!"

4

Luca i suoi trentacinque anni non li dimostra affatto, tant'è che inizialmente avevo pensato fosse il fratello maggiore di Andrea, vista anche la somiglianza.

Alto, robusto, capelli alle spalle da eterno scapolone, è il classico parente fuori dalle righe che c'è in ogni famiglia che si rispetti.

"In Italia non abbiamo la tradizione e la cultura della sauna," continua Luca. "La stessa parola 'sauna' è un termine antico finlandese che vuol dire dimora invernale. Non ho dimenticato le terme romane, che erano addirittura edifici pubblici aperti a tutti e dotati di impianti che oggi si chiamerebbero igienico-sanitari, ma è evidente che in paesi più freddi avevano più necessità di andare a riscaldarsi in questi ambienti in legno con temperature oltre gli ottanta gradi e non solo di socializzare o lavarsi.

Che poi, se si chiama finlandese e non sauna ligure un motivo ci sarà.

Però se la pensate diversamente non preoccupatevi, è più per giustificare quello che vi racconterò. Eh già, perché io piscine e saune ne ho girate parecchie negli ultimi anni: ma non dovunque nel nord Italia si può stare nudi come ero abituato qua vicino in Slovenia e Austria. Quindi immaginate quante volte dopo aver trovato una sauna libera, essermi messo comodo e rilassato arrivava gente vestita... ma sbagliavano loro, non io! Ma questo è niente!

Quindici anni fa io di queste saune e di tutti i trattamenti possibili non ne avevo idea. Pensavo di non averne bisogno, che fossero come degli enormi aerosol per chi ha problemi respiratori, che fossero solo trattamenti curativi prevalentemente per persone in sovrappeso e con problemi di circolazione. Sì, lo so, una visione limitata, ma torno a pensare che nessuno me lo aveva spiegato bene proprio perché la cultura nordica è diversa.

Adesso so che all'entrata ti danno un lenzuolo bianco, che devi prima fare una bella doccia, e che anche se ti sembra di essere pulito vedrai quante tossine e pelle morta (ma cosa sono un pesce che mi squamo!?) saranno su questo lenzuolo alla fine dei trattamenti.

So che bisogna seguire una sequenza molto logica, per prima cosa bisogna aprire i pori, magari in un bagno turco usando qualcosa che esfoli (lo chiamano peeling forse perché mi tiro via anche i pelini a suon di grattare, boh) come sale grosso o zucchero con la cannella, che mi sembra di essere circondato da gnocchi di susine e morderei tutti.

So che dopo devi fare una bella doccia possibilmente fredda e andare a riposarti un pochino.

So che esistono trattamenti all'olio, ma anche saune al cioccolato o con lo yogurt che se vado con una donna penso che andremo molto presto in camera a rosicchiarci l'un l'altra.

So che l'acqua fredda chiude i pori e qualche ambiente più profumato fa andar via liscio e bello come il sedere di un neonato. Sì, tutto chiaro!

Adesso! Non quindici anni fa.

Premetto che ero single e a caccia.

Alla cassa di questo enorme centro vedo una moretta che sta pagando per entrare e mi sembra proprio che ci guardiamo qualche secondo più del normale.

Dentro è talmente grande che la perdo di vista. Vedo gente che sta entrando in un ambiente per un trattamento al miele. Accetto l'invito di una del personale e prendo anch'io il mio bicchiere con il miele.

Ci raccontano le proprietà benefiche del miele per la pelle e che puoi metterlo anche sul viso e bisogna aspettare che si sciolga tutto.

Proprio quando sono tutto mielato vedo oltre il vetro la figura della moretta che passa. Vado fuori con una scusa assurda, un imprevisto (avranno pensato ad un attacco di diarrea ma chissene! Quando mai mi ricapita un'occasione del genere!).

La raggiungo educatamente nel bagno turco e vedo che si sta passando il sale dappertutto, la copio con disinvoltura, ma dimentico il miele: i granelli del sale grosso si attaccano, il miele si asciuga, la pelle tira, allungo la faccia tipo urlo di Munch e proprio in quel momento lei mi guarda.

Sembro Freddy Krueger di Nightmare con la varicella.

Devo fare una doccia, quella che ha anche i getti laterali per togliermi via questo mix tremendo. Dopo mezz'ora sotto l'acqua ho le dita raggrinzite (e sinceramente non solo quelle).

Decido di andare ad asciugarmi per bene nella classica sauna finlandese. Mi scaldo un quarto d'ora e proprio quando vorrei uscire arriva Igor, un maestro di sauna con dietro una ventina di persone tra cui la morettina. Questo Igor è coerente con il nome: cattivo!

Prepara le sue cose, dice che di solito questo rituale ha tre fasi ma questa volta ne farà quattro. Che fortuna!

Butta l'acqua con gli oli essenziali sulla stufa con le pietre e inizia a roteare in aria l'asciugamano ed ogni refolo mi colpisce come fosse un pugno di Mike Tyson.

Però... siamo tutti nudi, non è affatto male e la morettina è due persone più in là. Igor spiega in cinque lingue che la prima fase first feis erste faz primo fasa è finita, iniziamo con la seconda. Ma muoviti, cosa chiacchieri! Vi ricordo che ero già dentro prima del rituale e sento che non ho più liquidi. Ma devo fare un'altra figura barbina??? La morettina penserà che sono un'idiota ed un pappamolle e gli altri quando uscirò nuovamente in anticipo penseranno che mi scappa la cacca ogni due per tre!

Resisto alla seconda fase, ma Igor ce l'ha con me, mi bastona, mi legna... ma non poteva farlo Franceschina questo rituale? No, Igor!

Niente da fare, mi si annebbia la vista, saluto una che mi sembra la moretta ma in realtà è un uomo. Credo sia proprio meglio uscire.

Bevo come un cammello quando trova un'oasi, mi distendo su di un lettino sagomato e tiepido e mi addormento di botto.

Mi viene a svegliare Igor! Un'immagine che non auguro a nessuno, ancora adesso ho incubi e paura di svegliarmi! Bisogna uscire che stanno chiudendo, ma quanto cazzarola ho dormito?

La morettina? Buuuu, mai più vista! Ahahah, pazienza!"

5.

"Aspettate, vado ad accendere per qualche minuto il motore per riscaldarci un po', in teoria sarebbe vietato tenerlo acceso a veicolo fermo, ma vista l'emergenza nessuno avrà da ridire, altrimenti domani ci tocca andare tutti dal dottore."

"Ci sono andato la settimana scorsa," interviene Luca. "Sono entrato nella sala d'aspetto e ho chiesto chi è l'ultimo? 'Chi è l'ultimo' è una fra le più brutte frasi da pronunciare per due motivi: uno vuol dire ovviamente che sei dal dottore e dottore da sempre vuol dire rogne, rogne piccole o grandi che siano prevedono sempre soldi da spendere e tempo da perdere; due vuol dire che in sala d'attesa c'è parecchia gente.

Eh già, perché se vedi che c'è una persona solamente è chiaro che dopo di lei tocca a te e non occorre chiedere nulla, se invece ce ne sono due basta tenerle d'occhio e che entri prima una o l'altra a te non te ne frega niente e non c'è ancora la necessità di chiedere, però già quando ne vedi tre inizi a farti due conti: quanto tempo impiegherà il dottore con ciascuna di queste, moltiplichi i cinque minuti sperati per le tre persone e ti rendi conto che non è corretto perché una è già in visita all'interno e i minuti già iniziano ad essere più di quelli che pensi e speri.

Allora chiedi 'Chi è l'ultimo?' e tieni d'occhio quella persona che ha alzato la mano, puoi prenderti uno di quei giornali usurati appoggiati sul tavolo o giocare col cellulare.

Di solito i discorsi delle vecchiette davanti a me non mi turbano particolarmente ma una, quella probabilmente più affezionata a questo studio medico, sta dicendo che il nostro dottore è in ferie e che è sostituito da una dottoressa giovane, una 'dottorina', così l'ha definita, esternando già affetto per lei, molto simpatica.

La sua coetanea interlocutrice, però, storce il naso perché lei vorrebbe dottori più anziani, con esperienza, mentre questi 'dottorini', dice, non sono abbastanza preparati.

Ascoltando questo discorso la mia testa va da tutt'altra parte: in un misto di fantasia e obiettività mi chiedo se la 'dottorina' giovane che sta simpatica alla vecchietta, che le ispira fiducia dato che è nuovamente qui, debba avere un aspetto professionale, magari con gli occhiali, un camice bianco senza scollatura, forse con la carnagione bianchissima, segno di tante ore passate a studiare ed aggiornarsi continuamente per noi e non al mare, capelli normali non appariscenti senza creste o sfumature di colori sgargianti e direi senza tacchi alti.

Mi convinco che non sia un discorso prettamente maschilista che discrimina l'intelligenza delle belle ma che sia solo una convinzione data dal fatto che ad una signora anziana una maggiorata con tatuaggi, minigonna e chissà quale altra moderna eleganza non ispirerebbe fiducia di egual misura.

Dopo questo ragionamento decido di ritornare a controllare Whatsapp tenendo a bada i soliti miei ormoni.

Quella signora che aveva alzato la mano sta entrando e riesco a sbirciare all'interno intravedendo la loro stretta di mano. Ecco, bianca bianca di carnagione non è, ha un bel colorito, di quelle che prendono colore già col primo sole. Primo e unico indizio e avevo già sbagliato a inquadrarla. Tocca a me.

Entro e... una cosa più bella in vita mia non l'avevo mai vista: due occhi grandi come fanali con una luce simile al Sole, la bocca bellissima e carnosa con denti bianchissimi, il camice bianco lungo e chiuso fino al collo nasconde un fisico non magro ma con rotondità nei punti giusti.

Le dico 'B B B B B Buooonn...' ma cosa sto facendo? Balbetto? Non ho mai balbettato in vita mia! Ho fatto proprio tilt! Dai forza, vediamo di fare bella figura dico tra me e me.

'Buongiorno dottoressa, mi scusi non ero preparato, cioè sapevo che il dottore è in ferie ma...' Insomma le mostro tutta la mia emozione.

Sorride anche lei per fortuna, mi fa la ricetta con qualche indicazione e mi saluta con un sorriso da sciogliersi.

Il giorno successivo corro dal fioraio, prendo un bel mazzo di rose e vado davanti all'ambulatorio poco prima dell'orario di chiusura.

L'ambulatorio si trova al pianoterra di un condominio, apro il portone, nascondo i fiori dietro una pianta finta perché non voglio metterla in difficoltà o in imbarazzo.

Entro, la porta del suo studio è chiusa mentre in sala d'aspetto ci sono ancora tre persone. Non chiedo 'Chi è l'ultimo?', non mi interessa, tre qua più una dentro vuol dire che quattro devono uscire prima di attivarmi. Attendo paziente, anche se paziente non sono, nell'atrio del portone.

Esce la signora più anziana, ancora lei! Tre minuti più tardi esce anche il signore coi baffi e dopo di lui quello con gli occhiali, ne manca una.

Sono contento ed emozionato e quando esce l'ultimo sento che chiude a chiave la prima porta, alzo il mazzo di fiori mettendolo proprio davanti alla mia faccia nascondendomi per farle una sorpresa dicendole le frasi che mi ero preparato con cura: 'Ciao, spero tu capisca chi c'è dietro questo mazzo di fiori perché significherebbe che hai capito e percepito lo scambio di emozioni, mi è bastato guardarti una unica volta per rimanere incantato e quando mi hai parlato sono rimasto a bocca aperta perché una dolcezza e una bellezza così completa io non l'avevo mai vista prima!'

Dall'altra parte silenzio! Troppo silenzio. Silenzio totale. Ma cosa sta succedendo? Abbasso pian pianino i fiori e chi mi trovo davanti?

Il mio dottore! Con una faccia da cretino incantato che mi osserva e studia! Che figura di merda!

Ma come si fa ad andare in ferie e rientrare al venerdì?"

6.

"A proposito di influenze e raffreddature," interviene Andrea, "ho una avversione per tutte le medicine perché ho imparato molto tardi a deglutire le pastiglie, per cui le dovevo masticare e sorbirmi quel disgustoso gusto amaro oppure ricorrere alle supposte! Uno dei miei tre grandi traumi infantili! Nell'ordine: mamma e papà che mangiano i biscotti che avevo lasciato per San Nicolò e Babbo Natale; il topolino dei denti, cioè un topolino che viene con il soldino in bocca sotto al mio cuscino, ovvero due delle cose più sporche che durante il giorno mi raccomandano tanto di non toccare e che arriva mentre dormo; e la supposta!

Non mi ricordo quando ho detto per la prima volta 'mamma', 'papà' o 'casa', ma mi ricordo perfettamente il primo febbrone con diritto di parola. Mamma, che poco prima era così amorevole, si era accovacciata verso il mio lettino appoggiando la guancia tenera sulla mia fronte, mi aveva anche rinfrescato la fronte con l'asciugamano bagnato (a me sembra che questo asciugamano fosse piccolissimo come misura... stai a vedere che era quello del bidet. Ma questo è un ragionamento che faccio adesso e non in quel momento). Dopo questa serie di gesti che ognuno di noi ricorda come la soluzione a quel male e il posto più sicuro dove proteggersi da quel martello che ti sta battendo in testa, si presenta con un siluro bianco in mano!

Ancora amorevolmente e gentilmente, come solo una mamma sa fare, mi spiega dove andrà a finire.

Ricordo che urlo.

'Ma cosa centra il culetto con la testa!?!'

Lei mi chiede: 'Non devi fare la cacca vero?'

Adesso io dico: ho passato i primi 4 anni con questa storia della cacca che può arrivare in qualsiasi momento e che devo avvisare quando mi scappa mentre adesso devo fare un rapido esame delle mie parti basse... e se per caso un piccolo stronzetto sta per farmi una sorpresa?

'Che dopo non puoi più farla eh'

Mamma ma che cazzarola stai dicendo? Se mi tiene devo avvisarti, corriamo in bagno e se è occupato da papà con la settimana enigmistica, la cicca in bocca e una puzza da esser anch'essa un trauma infantile, prenderemo il vasino!

Proprio ieri mio fratello, che è più piccolo di me, ha fatto la cacca nel vasino e gli abbiamo fatto l'applauso e lui ci guardava con una faccia stranita come a dire 'Ma quando fate voi la cacca io vengo ad applaudire?' e invece adesso mi sarà proibito farla?!?

Ah sì, altro trauma: in una foto ho il vasino, lo stesso dove mio fratello faceva la cacca, in testa come un casco... ecco, se diventerò presto pelato sarà sicuramente colpa di quei coli fecali!

'Girati, giù i pantaloncini del pigiamino, rilassa! No, no! Non stringere! Rilassa!'

Mamma ma non ci capisco nulla! Come devo fare???

'Rilassa, ecco che entra, non spingere eh non spingere! No, no! Ecco è uscita!'

Mammaaaa non incazzarti ma succede tutto da solo io

sto già sudando per conto mio in più devo sopportare questa tortura...

'Riproviamo, ecco, è entrata, tieni, ti stringo le chiappette, tieni tieni tieni... bravo! Fatto!'

Ooooooh finalmente! E quando mi sembra che sia finita mi prende uno stimolo vigliacco! Ma ho appena detto a mamma che non dovevo farla... perché così a tradimento?

Mi alzo.

'Dove stai andando?'

Mamma, dove sto andando, con la mano che stringe il culetto a bloccare l'uscita dove pensi che stia andando?

'Non si può.'

'Faccio solo pipì'. Ma non dico 'promesso' perché le bugie a mamma non si dicono, e poi lei ti sgama subito, ancora oggi!

Allora lei mi riaccompagna nel lettino, mi sta vicino, mi distrae con quell'asciugamano fresco a togliere i sudori e rinfrescare corpo e anima. Mi dimentico di dover andare in bagno.

La guardo mezzo rincoglionito, ma con quello sguardo innocente di amore assoluto.

Lei si avvicina, mi da quel bacetto in fronte... e mi addormento tranquillo.

Un bacetto, quel bacetto (!!!) che ognuno di noi ricorderà finché vivremo."

Il nostro applauso parla più di mille parole.

Osservo Andrea, e inquadrare i diciottenni di oggi non è facile.

Sembrava timido, d'altronde, perché dovrebbe fare lo scemo del villaggio in un autobus? Poi però se n'è uscito con questo racconto esilarante su un argomento così intimo, ma lo ha fatto con disinvoltura e senza vergogna alcuna.

Mi chiedo quale dovrebbe essere la figura di un diciottenne studioso e responsabile, il cosiddetto "bravo ragazzo", al giorno d'oggi quando incontri ragazzi con gli occhiali persi nei videogiochi che si dimenticano libri e cartelle in autobus e di contro ragazzoni robusti con la borsa da allenamento ma il libro in mano per prepararsi una lezione.

Andrea ha due occhi grandi e abbastanza vispi, ma non ho capito se stare in questo angolo sul mare, distante dalla città, sia una fuga da qualcosa o rappresenti semplicemente una passione, un'eccezione che i suoi coetanei non hanno più.

7.

Mi allontano solo per un minuto da questi nuovi amici piacevolmente acquisiti da cause di forza maggiore, giusto il tempo di controllare che in cabina guida sia tutto a posto, che non ci siano spie accese, che non abbia inavvertitamente spento la radio dato che son passate quasi due ore e nulla è cambiato.

Quando ritorno da loro Patrizia mi chiede:

"Praticamente tu sei pagato comunque giusto? Cioè so che preferiresti essere sul divano al calduccio, ma penso che il tuo compenso non cambi che tu guidi oppure no."

"In effetti se restiamo fermi qui ancora per un po' iniziano a diventare ore straordinarie oltre al mio turno di lavoro. Però le più belle e leggere ore di lavoro straordinario le feci anni fa.

Bisognava trasportare le nazionali femminili di pallanuoto dal loro albergo alla Piscina Bianchi dove si sarebbe svolta una competizione mondiale.

Ogni nazionale aveva a sua disposizione il campo da gioco per un'ora e mezza quindi con il primo viaggio portai le valchirie svedesi. Immaginatevi una ventina di bionde dal fisico mozzafiato salire sul mio mezzo in fila indiana e salutarmi sorridendo! Ed ero pure pagato!

Le portai dall'albergo alla piscina, le salutai incantato, ritornai in città a prelevare la nazionale della Repubblica Ceca con un'atleta famosa per essere anche una modella. Le accompagnai all'allenamento e attesi l'uscita della Svezia, le riportai in città e salì il Brasile!

Insomma, io una carrellata continua di bellezze così non l'avevo vista neanche nei film: si sono alternate bionde, more, capelli in ordine e sbarazzini, carnagioni chiare e scure, profumi di ogni sorta."

"Non riuscivo più a sterzare il volante!" dissi, mimando un intralcio in mezzo alle gambe che impedisce la rotazione di un volante invisibile, Andrea e Luca scoppiano a ridere mentre Patrizia non nasconde un pizzico di imbarazzo, portando entrambe le mani sulle tempie ma ridendo anche lei di gusto.

"Aspettate! Non è finita! Dissi a un mio collega single e perennemente a caccia, più o meno come te Luca, di mettersi in lista per fare ore straordinarie dato che quel servizio privato per manifestazioni sportive era il migliore che potesse capitare. Per sua sfortuna, in contemporanea alla competizione in piscina, ci fu un'amichevole di pallamano o pallacanestro, non ricordo, con una squadra maschile dell'est. Dovete sapere che gran parte delle squadre di quelle origini preferiscono uscire già in tenuta da gioco dall'albergo per salire sul pullman o sull'autobus a loro disposizione per raggiungere il palasport, e fino a qua nessun problema, ma ovviamente non avendo i vestiti di ricambio devono risalire a fine partita tutti sudati per poi farsi la doccia in hotel. Ricordo la faccia del mio collega quando mi descrisse l'olezzo, quel forte odore di sudore di una quindicina di giganti muscolosi anziché il profumo di una qualsiasi nazionale femminile, fu da sbellicarsi! Ancora oggi non mi rivolge la parola! Ahahahah!"

"Sembra uno scherzo architettato alla perfezione! Noi due insieme, invece, ne abbiamo combinate di ogni colore!", inizia a raccontarci Luca abbracciando con orgoglio il nipote.

"A volte è come se in mezzo a tutto il nostro parentame noi non centrassimo nulla! A suo padre, ovvero mio fratello, dell'attività all'aria aperta importa pochissimo e avrà preso sicuramente da mio padre... cioè, le rispettano eh, ma non le svolgono, tipo 'credenti ma non praticanti' ecco.

Ricordo anni fa, Andrea avrà avuto quattro anni circa e stavamo giocando a palla nella corte dei nonni prima di uno di quegli enormi pranzi domenicali in famiglia.

Iniziò a piovere, non molto a dir la verità, e noi continuammo a calciare la palla perché la nostra partita era ancora in pareggio e Andrea voleva assolutamente vincere.

Rientrammo solo quando la pioggia aumentò e permisi a mio nipote di fare il goal della vittoria facendo finta di perdere la mia scarpa al momento di calciare, ricordo che riuscii a malapena a correre verso la mia porta perché dalla gioia e dal ridere si stava tenendo i pantaloncini nel chiaro gesto di chi sta rischiando di farsi la pipì addosso.

In casa trovammo suo papà e suo nonno impegnatissimi nella loro ennesima partita a scacchi, staccarono gli occhi dalla scacchiera solo per rimproverarci con frasi filosofiche tipo 'ci sono più avventure qui sulla scacchiera che in tutti i mari del mondo!' e ancora 'qui devi imparare ad essere una combinazione tra un monaco buddista e una tigre siberiana, come nella vita!', per poi alleggerire finalmente con una battuta 'e poi vuoi mettere... riuscire a zittire la nonna per tre ore!'.

A quel punto ebbi un lampo di genio, o di pazzia, e dissi: 'Guardate che Andrea riesce a battervi!'

Mio nipote mi guardò con un'espressione emblematica della serie 'che cavolo stai dicendo?', ma io ero pronto a mettere in opera il mio piano.

Andando in cameretta per prendere l'altra scacchiera, un po' meno nobile ed usurata, istruì Andrea sul da farsi. Poi presi l'altro tavolino, ritornai in sala e sistemai le sedie: suo nonno e suo padre erano attaccati schiena contro schiena, ognuno davanti alla propria scacchiera pronti a sfidare il piccolino che come Karpov o Kasparov avrebbe sfidato contemporaneamente più avversari. Sistemai altre sedie accanto a loro per nonna, mamma e un'amica di famiglia.

A mio padre dissi: 'Forza nonno, puoi iniziare!'

E contemporaneamente gridai ad alta voce per distrarre un po' tutti: 'Signore e signori ecco a voi il campione, il genio assoluto, Andreaaaaa!'

Lui non si fece pregare e alzando le mani salutò ovunque il suo pubblico, anche dove non c'era. Mentre il nonno per fortuna fece subito la sua apertura spostando il pedone bianco da E2 a E4.

Ok, la fase più difficile era passata, pensai.

Andrea si sedette difronte al padre e iniziò a recitare perfettamente la parte del giocatore impegnato e pensieroso, distrasse tutti nominando alcuni movimenti possibili di alcune figure per far intendere che ci capiva davvero: 'La torre può andare di qua e di là, il cavallo si muove ad elle' disse e si fermò forse non ricordando dove potesse andare l'alfiere, prese in mano un pedone bianco, simulò alcune mosse senza mollarlo ed infine lo spostò da E2 a E4, attese, quindi, la mossa del padre.

Si alzò, andò davanti al nonno e continuò la sua recita: dopo venti secondi di massima concentrazione non senza sorrisetti beffardi fece la sua mossa, attese quella del nonno, lo guardò con aria di sfida con una specie di ghigno da cattivo che ancora oggi non sa fare da quanto è buono, poi cambiò tavolo."

Patrizia, che non ha ancora capito l'andazzo delle partite raccontate mi guarda sorpresa quando mi alzo e vado a battere cinque a Luca ed Andrea.

"Geniale!", dico

"Scusate, potete spiegarlo anche a me?" replicò la signora.

Luca continuò il suo racconto:

"Andrea stava tenendo testa ad entrambi, sua nonna tutta orgogliosa ad ogni elemento della scacchiera eliminato urlò tutto il suo tifo a favore del piccolino e contro il marito.

L'unica dubbiosa fu sua madre perché si sa, le mamme conoscono i propri figli come le loro tasche e quando incrociai il suo sguardo vidi dapprima il suo sorriso, poi si allontanò fingendo di tossire per nascondere la sonora risata."

"Ma mi potete spiegare che cavolo stava succedendo che non ho capito?" esclamò Patrizia

"Praticamente la partite non furono tra Andrea e il padre e tra Andrea e il nonno! Si stavano scontrando nonno e papà senza rendersene conto!"

"Finì che Andrea perse col papà dunque batté il nonno! Mio padre non si capacitò per anni e non ebbe mai più niente da dire su qualsiasi nostra attività, andò anzi in giro a dire di avere un nipote intelligentissimo!!!"

8.

"Mi vien freddo a pensarci, ma sapete cosa mi è capitato l'estate scorsa proprio qui al capolinea? Pensavo di avere l'agilità di un tempo e invece di girare intorno alle catenelle che proteggono la fermata dal bordo del molo ho voluto scavalcarle. Ho fatto come in quella vecchia pubblicità dell'olio Cuore, ricordate? Ma ho sbagliato misura e la gamba più vicina alla catenella si è impigliata facendomi rotolare su me stesso e ruzzolare a terra. In quel movimento brusco simile a quell'immagine delle figurine Panini che rappresentano un giocatore in procinto di calciare in rovesciata, mi è partita la scarpa come fosse il pallone. È finita in mare! Per fortuna era la sinistra e non avendo la frizione sui bus ho potuto continuare il servizio senza che nessuno se ne accorgesse! Ho guidato e sono tornato a casa semiscalzo!"

"Ma povera!" esclama Patrizia.

"Come sarebbe a dire povera con la A, sono un maschio! Casomai povero! Sono caduto e cadere dopo i cinquanta può avere sempre qualche spiacevole sorpresa!"

"Sì, sì! Fa molto ridere ed il fatto che tu sia riuscito a proseguire, vuol dire che non ti sei fatto male. Intendevo povera scarpa! Sai, soprattutto per noi donne le scarpe sono parte di noi, a volte quasi un prolungamento del nostro corpo a cui teniamo tantissimo, sicuramente più di voi uomini, senza offesa eh, è una passione in gran parte femminile! Se Carrie Bradshaw di Sex and the City fosse stata al posto tuo lanciando in mare una delle sue Manolo Blahnik avrebbe costretto Mister Big a recuperarla in qualsiasi maniera e ci avrebbe parlato fino al salvataggio, tipo 'ti salveremo! Tornerai da me, resisti!' o qualcosa del genere.

Mi sono sempre chiesta cosa possa pensare una scarpa quando incontra il piede della persona che la indosserà, sarà felice?

'Ecco! Si apre la scatola! Vediamo cosa succede, dove siamo e cosa sarà di noi! Ah! La signorina prende solo me, tu stai là in scatola tranquilla che ti racconto tutto. Sono proprio sopra la nostra scatola, guardando in giro penso che siamo sicuramente tra le più belle. No! Va via tu! C'è una con delle mani brutte e sporche e se le mani sono così figuriamoci i piedi! Ecco brava, rimettimi giù, ma non così! Ma Santa Maria sono tutta storta! Il tacco infilato tra le due scatole mi fa sembrare come quelle ballerine sull'altro scaffale. Aiutoooo! Qualcuno può venire qua a raddrizzarmi? Grazie! Per fortuna sta tornando la signorina, quella di prima col cartellino al collo. Che brava! Mi cura e mi sistema sulla scatola perfettamente, sono nuovamente elegante e alta perché la vita è troppo breve per passarla rasoterra! Arrivano due signore. Sono abbastanza avanti con l'età ma ridono come pazze. La prima mi prende in mano, si toglie la sua scarpa e mi infila. Che doloooooree! Hai presente una colica renale? Ecco, con questo suo alluce valgo ho il fianco storto e una fitta continua! Ti prego, mollami! Brava, rimettimi su sulla scatola. Però mi guarda con nostalgia, le avrò ricordato qualche serata importante di anni passati, qualche ballo con un bell'uomo, insomma un po' mi dispiace non poterle dare altre soddisfazioni ma non è proprio fattibile, davvero, ma con quella solarità, la voglia di vivere e l'allegria con l'amica avrebbe meritato una possibilità. Fortunate quelle che riusciranno a trovarsi a suo agio e comode con lei! Sono di nuovo sopra la scatola di mia sorella. Spengono le luci e possiamo riposare tutte, ma prima di addormentarci ci guardiamo tutte: chissà chi riuscirà a farsi prendere domani e salutare tutte le altre con orgoglio? All'apertura vedo arrivare un signore. Un bel signore, elegante e profumato. Mi ha puntato subito, mi ammira. Che bello esser guardata in questa maniera! E... sìììììììì! Mi prende in mano, mi mette in scatola vicino a mia sorella con leggerezza e stando attento. Dai che andiamo. Dalla scatola urliamo: 'Ciao a tutte!', e siamo sicure che un uomo così avrà una compagna di altrettanta classe. E poi, avete notato le sue scarpe? Perfettamente coordinate al vestito. Pulite, perfette. Chissà che serate ci aspettano! Dopo parecchie ore finalmente sentiamo la scatola muoversi. Siamo pronte ad uscire. Gli occhi della signora sono bellissimi. Pieni di gioia nel vederci. Ci porta sul divano ed è lui a toglierle via gli zoccoletti per provarci. Ma... belle siamo belle, le caviglie in vista sono uno spettacolo, però... Sorella, come va là con te? Un poca di pressione io la sento. Proviamo a stare larghe, ti prego, non perdiamo questa occasione! Ma... all'indomani siamo in scatola e vediamo sollevarsi il coperchio. Nooooo! Siamo tornate in negozio. La bella signora con quel bell'uomo prende la scatola sotto a noi. Ehi voi due là dentro, diteci almeno grazie perché andrete in un posto molto bello per merito nostro! Siamo di nuovo qua, e dobbiamo affrontare tutti questi sguardi delle socie qua in giro che ci guardano antipatiche. Torna la signorina col cartellino, ci raccoglie entrambe e ci porta vicino ad un vetro, vediamo anche la strada da qua. Ci mette su di un piedistallo, regola due faretti e... spettacolo! Siamo al centro del mondo! Tutti quelli che passano ci ammirano. Anche quella signora al volante, incantata, ha formato una colonna di macchine dietro alla sua da quanto era stupita. Eh già perché noi il nostro pubblico lo stupiamo! Niente di più bello, attiriamo clienti, anche le altre socie ci ringraziano. Noi scarpe siamo importanti: potete capire tanto da chi ci indossa, dove va, cosa fa, dov'era. Forza, cari amici! Comprate scarpette alle vostre donne. Sarà anche vero che i soldi non possono comprare la felicità, ma potete comprare scarpe che per qualche donna è più o meno la stessa cosa!'"

9.

"Uno dei nostri scherzi più riusciti lo abbiamo messo in pratica proprio dietro a questo porticciolo", interviene Luca, indicando il molo più grande alla destra dell'autobus. Lo vediamo a fatica dato che i vetri sono bagnati esternamente e appannati all'interno per la differenza termica.

"Andrea, suo padre ed io ci trovavamo nel garage sotto casa e stavamo mettendo un po' in ordine dato che mio padre non butta via mai nulla. Infatti mi capitò tra le mani un pezzo della ringhiera sostituita qualche anno prima, e mi accorsi che con quella forma ad ipsilon era facilissimo costruirci una fionda. Da una vecchia valigetta del pronto soccorso, contenente liquido disinfettante scaduto da qualche anno e dei cerotti semiaperti appiccicati tra loro, presi il laccio emostatico. Salva tutto il nostro vecchio!

Legai l'elastico agli estremi più corti e arrotolando del nastro all'asta più lunga creai l'impugnatura del manico. Caricai quest'arma improvvisata e scagliai un tappo di bottiglia a notevole distanza, meravigliandoci tutti per la precisione e la potenza.

A quel punto la sparai grossa: 'Andrea, tu che riesci ancora a stare quasi un minuto sott'acqua domani al mare ci pescherai la cena, ne sono sicuro!'

Limai la punta di un tondino in ferro e presentai l'arma completa.

'Vedrete quanti pesci prenderà mio nipote!', dissi prima di essere mandato letteralmente a quel paese da mio fratello. Strizzai l'occhio di nascosto ad Andrea che ancora non riusciva ad immaginarsi cosa stessi progettando.

Il pomeriggio del giorno seguente venimmo insieme qua al mare, ci sistemammo sul molo e sugli scogli e Andrea si immerse con maschera, tubo, pinne e la fionda, già addestrato sul da farsi. Dopo qualche minuto risalì e ritornò da noi con un'orata!"

"Senti Luca, ma è un racconto di fantasia e ci stai pigliando in giro?", lo interruppe Patrizia.

"No, no! Giuro! Ma lasciatemi continuare!"

Il movimento verticale della testa di Andrea ci rassicura che qualcosa era davvero accaduto.

"La faccia di mio fratello vedendo il figlio risalire con il pesce pregiato fu uguale alla vostra attuale. Andrea tornò in mare sotto gli occhi protettivi, increduli ed entusiasti del padre. Lo seguimmo con gli occhi, lo vedemmo immergersi e risalire con un'altra orata perfettamente uguale alla precedente: stessa misura, stesso peso."

"Allora non erano orate ma i... dentici", intervengo io ridendo e facendo ridere. Mi scuso per la interruzione e lo invito a continuare.

"Mio nipote si immerse altre quattro volte risalendo con un branzino da chilo, un'altra orata stranamente già eviscerata ma che riuscì a nascondere, addirittura con un piccolo astice da tre etti ed una seppia!"

"Alt! La seppia l'avevo presa veramente!", aggiunge Andrea.

"Sì, vero, l'unica pescata realmente non la portammo a casa perché un gabbiano furbissimo si avvicinò mentre ammiravamo l'astice e la rubò! Ahahah! Ora vi svelo tutto e pensate che suo padre ne è ancora all'oscuro e lo verrà a sapere quando leggerà le mie memorie, perché ne ho talmente tante da raccontare da scriverci un libro.

Quella mattina andai dal mio amico in pescheria e gli chiesi di darmi ad un prezzo di favore del pesce per circa quaranta o cinquanta euro. La prima orata la eviscerò e pulì per forza dell'abitudine e lo fermai giusto in tempo per non ritrovarmi tutto il pesce pulito.

Misi in una sacca da pesca a maglie strette anche quella orata convinto che lo scherzo non reggesse e finisse lì. L'amico mi propose anche l'astice, ero leggermente dubbioso perché sto scherzo stava iniziando a costarmi un po' troppo, ma mi confidò che era decongelato e quindi di valore minore. Insomma raggiunsi il mare con pesce già squamato e decongelato, mi tuffai in mare ancorando al fondo la sacca. Fu sufficiente indicare al provetto sub il posto da raggiungere in immersione!"

"Ma siete diabolici!", esclamò Patrizia.

"Aspetta! Non è finita! Tornammo a casa e mio fratello urlò alla moglie di uscire di corsa per ammirare quello spettacolo di pescato complimentandosi per l'ennesima volta col figlio.

Preparammo insieme la griglia e mentre sistemavo i pesci mi accorsi che un pesce aveva ancora la targhetta dell'allevamento! Sua madre se ne accorse, guardò Andrea, poi squadrò anche me e scoppiammo a ridere senza sosta.

Il padre si avvicinò con i bicchieri per festeggiare dicendo 'Forte nostro figlio eh!' 'Uh sapessi!' esclamò lei, tenendo il segreto come era solita fare ad ogni nostra iniziativa strampalata, perché ognuna di queste, in fondo, portava allegria e grandi risate.

10.

In questo clima sereno, nonostante all'esterno ci sia una tempesta, è Patrizia ora ad intervenire e lo fa alzando la mano, mostrandoci il palmo nel chiaro gesto di attendere. Con l'altra mano sta già cercando qualcosa nel cellulare, con abilità non proprio comune per una donna della sua età.

"Eccolo qui, l'ho salvato in una cartella, posso?"

E vedendoci annuire convinti inizia:

"Per avere successo nella vita, per poter vivere meglio degli altri, per non dover mai patire la fame, per non doversi fare un mazzo così e magari il risultato manco lo ottieni nonostante ore di sforzi ed impegno, per poter assicurare una vita più che tranquilla alla famiglia... per tutte queste cose bisogna fare qualcosa che non tutti, anzi davvero pochi, fanno. Bisogna avere coraggio, intraprendenza, trovare le persone giuste di cui poterti fidare. A volte bisogna avere la faccia come il culo, non dico di ruffianarsi, ma almeno apparire 'coccolo' e non antipatico o patetico. Bisogna buttarsi e non rimanere là a guardare o pensare a quello che avresti potuto fare. Bisogna farlo! E questo io ho fatto!

Ah, scusatemi, non mi sono ancora presentato.

Sono Pippo. O almeno la gente quando mi vede mi chiama così.

Lo so anch'io... Pippo per un gabbiano non è un nome molto azzeccato, ma dall'alba in poi in tanti in via Carducci ripetono questo nome. Hanno iniziato per primi quelli vestiti di bianco e poi tutti gli altri.

Mi mettevo lì sui cartelli stradali, vicino ai bidoni, ma invece di cercare tra l'immondizia come alcuni miei simili, io vado da loro, li saluto con due urla a modo mio e loro mi lanciano una sarda o un ghiozzo.

Poi arrivano altre persone e la qualità del pesce può anche migliorare. Qualcuno mi fa una foto, altri alzano la mano, in pochi tentano di accarezzarmi e quando li vedo avvicinarsi troppo batto il becco, tiro due urla e loro rinunciano, meglio così!

Ho imparato che se mi avvicino a quelli in bianco si mettono qualche bel pesciolino sul palmo della mano e di loro io mi fido.

Ho avuto pochi problemi in tanti anni. Mi ricordo che una volta il proprietario di un'automobile mi mandò via in malo modo, però non aveva tutti i torti perché mi era scappata una cacatina... cacatina per modo di dire, con tutto quel che mangio!

Ma la più brutta l'ho vissuta una mattina: mi ricordo tanta gente vestita tutta uguale, tutti con la stessa maglietta, dentro e fuori un locale là vicino, tutti con un bicchierone in mano, sarà stato settembre oppure ottobre, insomma era finita l'estate e si stava molto bene (accanto a questa famosa pescheria a Trieste c'è una birreria dove festeggiano l'Oktoberfest regalando magliette celebrative).

Dopo i soliti quattro pesci una persona ha appoggiato a terra questo bicchierone di roba gialla, gli altri mi hanno fatto un po' di spazio creando un cerchio attorno a me. Ho messo il becco dentro, ho bevuto di gusto e... Aiutoooo!

Sono andato su un autobus, ho allungato il collo verso il cielo e AHAHAHAHAH non la smettevo più di ridere! Son rimasto su quel tetto non so quante ore, ho girato mezza città cantando e ridendo AHAHAHAHAH!

Ho avuto qualche figlio. Portavo loro pesce fresco ogni giorno. Qualche pesce lo nascondevo, perché raramente trovavo la pescheria chiusa e così avevo sempre la scorta di cibo per loro.

Una volta cresciuti ho insegnato loro come si fa. Qualcuno, ad esempio, lo trovate a San Giacomo, un altro in via Coroneo e via così. Comunque tranquilli! Non ho insegnato a loro solo questo.

Hanno imparato la cosa più bella che ognuno di noi può fare: essere libero! Volare alti sul mare e poi un po' più bassi sulla costa, lasciarsi andare con l'aria che ti accarezza e poi fare un tuffo a qualsiasi ora, ammirare la bellezza che c'è attorno e farsi anche ammirare per quel che stai facendo. Volare! Che bello! Libero!

Lo dice anche il mio nome: gabbia... no!"

11.

L'Estate scorsa si è riproposto l'annoso problema delle ferie: è una questione molto spinosa da affrontare perché, se da una parte c'è la carenza cronica di personale, dall'altra c'è il disagio di chi necessita di un giorno libero per le sue esigenze. Fortunatamente c'è sempre qualche collega che ne combina una più del diavolo e ci permette di sdrammatizzare anche su questo problema che, ve lo assicuro, tormenta noi conducenti.

Insomma, questo mio socio richiede con largo anticipo un giorno di ferie ed è convinto, una convinzione solo ed esclusivamente sua, che quel giorno non lavorerà.

In quella data io arrivo al capolinea all'ora di pranzo e devo ricevere il cambio da chi effettuerà sulla stessa linea il turno pomeridiano. Attendo fino all'ora della partenza come da regolamento, un po' alterato e preoccupato perché è buona cortesia tra colleghi farsi trovare già pronti all'arrivo del proprio autobus, ma del collega nessuna traccia.

Chiamo, quindi, il centro-radio, che mi chiede di rimanere in linea telefonica in quanto il turno risulta coperto e il controllore necessita di un breve periodo per rintracciare l'interessato.

Ora, conoscendo le persone coinvolte, non c'è dubbio alcuno sulla paternità della responsabilità, visto che è un nostro obbligo assicurarsi dei turni assegnati ed eventualmente avvisare in caso di assenza, ma la conversazione che arriva al mio orecchio è uno spasso.

Il capo: "Ti cerco perché dovresti essere in servizio in questo momento! Stai arrivando? Ti veniamo a prendere?"

Risposta del collega: "Ah che bello! Mi venite a prendere?"

Risposta: "Non è un servizio che svolgiamo ma in caso di necessità e dato che siamo a corto di personale... Dove sei? Dove viene il controllore con il Panda?"

Risposta allucinante che ha ribaltato dalla sedia sia il capo che io in ascolto dall'autobus: "A Sebenico! Che bello, così risparmio sul viaggio di ritorno!"

Il capo gli ha chiuso il telefono in faccia e probabilmente lo avrà segnalato, ma la leggenda degli autisti narra che una Panda, data la cronica carenza di autisti, abbia viaggiato sulla costa dalmata, una strada tutta curve, per recuperare il conducente!

12

"Comunque volevo ringraziarvi", dico io agli altri passeggeri, ancora bloccati con me a Grignano.

"Per cosa scusa?", chiedono in coro.

"Per queste conversazioni non convenzionali. Dovete sapere che ogni qualvolta sono in divisa o quando dichiaro qual è il mio posto di lavoro c'è sempre qualcuno che dice 'Anch'io conosco un autista!'. Mi vien da dire che, dato che siamo in seicento, è molto probabile che ogni cittadino di qualsiasi età conosca più o meno bene un conducente, ma per buona educazione e con solo un pizzico, ma davvero minimo, di curiosità chiedo 'Ah si? E chi è?'. A quel punto mi sparano dei cognomi che non mi dicono nulla, cioè io sono una persona molto socievole e sono amico di tutti, ma tantissimi li conosco solo per nome e non per cognome, perché non ho modo di interagire con loro in via formale, quindi a parte chi ha giocato a basket con me e tanti cari amici c'è una buona parte di loro a cui non so associare il cognome, per quanto li saluti ogni giorno. La descrizione che mi fanno più spesso per descrivere un mio collega è 'ha un po' di pancia ed è stempiato'. A quel punto scoppio a ridere e ribatto 'Beh, togliendo le donne e i rarissimi magri hai descritto circa quattrocento persone'."

A proposito di taglie delle nostre divise, feci ridere mia figlia quando viaggiò con me verso l'ultimo capolinea a fine servizio, e prima di fermarmi le indicai la persona che era in procinto di darmi il cambio.

"Ecco, vedi," le dissi, "questo autista è nuovo, assunto da poco".

Lei con ottimo spirito di osservazione disse: "Ah, dici per la divisa nuova e non particolarmente vissuta?"

Le risposi ridendo: "No! Perché è magro! Ahahah! Ti ricordo che io sono stato assunto venticinque chili fa!". E ridemmo assieme osservando la pancetta compagna di viaggio di gran parte degli autisti.

"C'è poi un'altra affermazione frequente da parte di amici, parenti e conoscenti, ovvero quella del 'Non ti incontro mai!', aggiungendo 'Eppure uso spesso l'autobus!'. Anche in questo caso sorrido perché tantissime volte le stesse persone le vedo in fermata, mettono anche la mano fuori per prenotarla, io apro la porta anteriore proprio davanti al naso e... se non sono io a fermarli loro proseguono dritti verso il corridoio, cercando il posto più comodo e utile prima che riparta. E ti credo che non mi vedi mai!

Viceversa altri utenti ci squadrano, qualcuno è talmente fedele a una determinata linea da conoscere centinaia di noi, sia quelli fissi che quelli che si alternano alla guida, anche per cognome, più di me e questa cosa mi ha sempre incuriosito. C'è poi chi pensa di avermi visto su una linea ma non ero io. Questo è stato motivo di sorrisi ma anche di disguidi e quasi di litigio in due distinti nuclei famigliari.

La moglie di un mio collega, a cui devo assomigliare parecchio sia per altezza e fisionomia che per postura durante la guida, era solita salutare me convinta fossi lui, quindi io

mi trovavo una sconosciuta che dal marciapiede mi salutava anche con un certo trasporto.

Il collega, una volta rientrato a casa dopo il turno, si
trovava a dover discutere su un mancato saluto esclamando
anche: 'Avevi forse qualcuna a bordo a cui dover nascondere di avere una moglie?'. A quel punto lui doveva estrarre
l'agendina per difendersi facendole vedere la linea assegnata che si trovava dalla parte opposta della città!

Verificando la programmazione dei turni riuscì a risalire
a me e un giorno ci ritrovammo entrambi sulla linea 29,
lo vidi avvicinarsi con il suo autobus al mio nella direzione
opposta, aprì il finestrino richiamando la mia attenzione
come se dovesse avvisarmi di un intoppo o un incidente,
invece mi chiese: 'Fammi una cortesia: se vedi una mora
coi capelli ricci e un vestitino azzurro, salutala! Ma energicamente, quasi con trasporto, perché se altre volte ha salutato te invece che me ed eravamo su linee diverse, stavolta
siamo sulla stessa linea e non ho come giustificarmi! Scusami eh, ma da lontano non vede benissimo e le regalerò
presto gli occhiali, ma per stavolta... aiutami!'

Fu così che lo salvai, ma dovendo salutare preventiva-
mente ogni mora con vestito azzurro litigai io con la mia
per aver fatto troppo il galletto!"

13.

Patrizia mi dice: "Adoro il vostro lavoro, probabilmente vedendolo dal di fuori non si assimila lo stress che sicuramente ci sarà percorrendo strade strette e trafficate, ma giuro che avrei fatto l'autista d'autobus volentieri!"

"Hai ragione Patrizia, fino a quando non provi non ti rendi conto di quanta concentrazione serva in ogni momento, non puoi lasciare la testa libera nemmeno un secondo perché l'imprevisto è dietro l'angolo.

Posso raccontarti questa perché alla fine non è successo niente di particolare: era sabato mattina e stavo guidando un autobus della linea 15. Mi viene comunicato ad inizio servizio che dovrò fare una deviazione, in quanto delle mura in via Navali sono crollate. Memorizzo con qualche difficoltà le strade da percorrere, visto che si tratta di una zona che ho frequentato raramente e non ho mai avuto fidanzate abitanti in quella zona. Ne ho avute parecchie eh, ma mai di quelle vie! Percorro perfettamente l'andata, arrivo al capolinea e approfittó dei due minuti di pausa per sistemare alcune carte che mi serviranno nel pomeriggio. A fine turno, infatti, devo andare ad allenare i miei bimbi in una partita di basket e ho bisogno di programmare con cura i vari tempi da far giocare a ciascuno di loro. Ricordo perfettamente di aver pensato 'Ginevra la metto qui! Marco lo scrivo qui nel primo tempo, Leo lo metto qua, anzi Ginevra starebbe meglio di qua...'. Arriva velocemente l'ora della ripartenza, ma in testa continua a rimbalzarmi (e il verbo rimbalzare parlando di pallacanestro calza a pennello!) che Nicolò lo metterei di qua e Filippo lo metterei di là.

Ecco Patrizia, quando ti parlo di concentrazione mi riferisco anche a questo, perché mentre la guida sta procedendo nel più perfetto dei modi salto la deviazione prevista e imbocco la via con le mura crollate.

Un'utente esclama 'E adesso come la mettiamo?'. Di getto rispondo: 'La mettiamo nel primo tempo ah!', ridendo tra me e me. Lei non capisce, io faccio una manovra e risolvo tutto in pochi secondi, ma quel ridicolo 'Come la mettiamo?' dal doppio significato è restato a testimoniare che la testa deve stare lì sul percorso in tutte le sue forme e difficoltà.

Posso raccontarti anche questa: ricordo che appena assunto mi vennero impartite tante informazioni utili, tutte tranne una! Ovviamente ero già in possesso della patente D, ma l'esperienza era davvero minima. L'istruttore mi raccomandò di non correre e di frenare dolcemente, dato che non trasportiamo sacchi di patate ma persone, tra cui molte anziane fatte di cristallo. Mi disse di non modificare mai il mio stile di guida, anche nel caso avessi accumulato del ritardo, perché proprio in quella circostanza avrei elevato esponenzialmente i rischi.

Nel primo mese però mi capitò un fatto che mise molto in discussione il mio futuro lavorativo in azienda: incrociai un collega che facilitò il mio passaggio in un restringimento di carreggiata, lo ringraziai e proseguii con la cautela da novizio e dopo una decina di minuti, poco prima di arrivare al capolinea lo incrociai nuovamente. Lo stesso collega! Essendo fisionomista, la certezza che si trattasse proprio di lui e che avesse completato il giro su un'altra linea ed io non avessi nemmeno percorso la metà mi mandò un po' in tilt. Guardai l'orario ed in effetti non ero riuscito a ricavarmi i minuti di pausa necessari a sgranchirmi e sviarmi, ma soprattutto realizzai che mai e poi mai sarei stato in grado di effettuare il giro completo come il collega. Mi misi in discussione fino a interpellare l'istruttore, manifestando il mio dubbio. Mi rincuorò, d'altronde l'esperienza sarebbe arrivata col tempo, dicendomi che il mio stile di guida dolce e rilassato non gli pareva proprio rappresentasse motivo di preoccupazione. Tutto si risolse in mensa."

"Come sarebbe a dire in mensa?", chiese sorpresa Patrizia.

"Proprio pranzando li vidi!"

"Li? Li vidi? Plurale?"

"Esatto. L'informazione mancante in fase di formazione fu che in azienda ci sono dei gemelli! Ahahahah! Assunti pochi mesi prima di me e altri due vennero assunti successivamente. E se oggi ci lega un'amicizia e so riconoscerli, come cavolo facevo a sapere che nel giro di venti minuti li avrei incrociati entrambi mandandomi in confusione?"

E scoppio a ridere assieme ai miei tre compagni d'avventura.

14.

L'importante è rimanere il più tranquilli e sereni possibile anche se qualche volta è impossibile.

Quando arrivo in fermata, ad esempio, mi fanno sorridere tutti quegli utenti che si sono sistemati lungo tutta la metratura della fermata, che è superiore alla lunghezza di un autobus. Ne vedo spesso uno dove inizia la linea gialla e un altro dove la linea gialla finisce. Ed ora dove mi fermo?

Il regolamento prevede di avvicinarsi al marciapiede e se si è seguiti da un altro autobus fermarsi più avanti possibile, in modo da permettere anche al collega che segue di fermarsi agevolando un eventuale interscambio di utenti. Se invece quando arrivo non ho altri autobus dietro e vedo una carrozzina cerco sempre di fermarmi in modo utile a quella salita, ma capita, appunto, che di gente che dovrà spostarsi ce ne sia parecchia e tutti vorrebbero camminare il meno possibile.

Quando arrivo in fermata ho la netta sensazione che qualcuno mi manderà a quel paese (ma dove ha fermato questo???), altri ringrazieranno (raro), mentre altri saliranno senza badare all'accaduto.

Devo solo scegliere da chi farmi mandare, buttarla in ridere senza dar peso a qualche braccio che si alza nel classico gesto del "Ma va…"

Sottopongo a Patrizia qualche quesito:

"Supponi di guidare un autobus, non è importante di che linea e su quale tragitto, a bordo hai poca gente ed una signora si alza dal sedile e raggiunge la porta centrale ma... non suona il campanello! Mancano ottanta metri alla prossima fermata, dove non c'è nessuno che deve salire. Come ti comporti? Sappi, però, che qualsiasi sarà la tua risposta, sarà sbagliata! Per una parte dell'utenza il tuo comportamento sarà sbagliato e te lo dico per vita vissuta, per episodi visti e rivisti. Dai, stiamo arrivando in prossimità della fermata, che fai?"

"Beh, penserei che non essendosi prenotata probabilmente non è questa la fermata che a lei interessa e proseguo."

Gesticolando e mimando una voce femminile alquanto alterata le rispondo:

"Ecco!!! Mai un favore mi fate! Ma con gli autisti più vecchi non capitava eh! C'era uno fisso su questa linea che faceva la conta prima di partire! Chiedeva siamo tutti? Dov'è il Don? Bisogna aspettarlo che avrà fatto tardi a dir messa! Il prof invece oggi ha il giorno libero, la ragazzina c'è, la badante è tornata due settimane a casa sua. Ok possiamo andare e conosceva tutte le nostre fermate. Mi salutava e apriva la porta! Non ha visto che necessitavo di scendere qui? Cos'era distratto da qualche conversazione al cellulare?"

La faccia di Patrizia mi fa sorridere, deve essere molto simile a quella di tutti i miei colleghi che si ritrovano spiazzati e a dover ingoiare un piccolo rospo, perché pur avendo ragione al cento per cento sanno già che tentare di spiegare educatamente l'accaduto non sortirà alcun effetto.

"Ma... Davvero? Ma... non sto usando il cellulare! Non ha suonato! Abbiamo ragione noi!"

"Ahahahah certo che abbiamo ragione, ma ti è arrivato dal nulla un brontolio, ora devi essere brava a non farlo tuo, non rimuginarci troppo sopra, devi dimenticarlo al più presto! Proseguiamo il nostro percorso: ora non ha suonato nessuno e alla prossima fermata vedi un signore che si alza dalla panchina all'interno della pensilina sul marciapiede e si avvicina al bordo del marciapiede proprio quando stai arrivando. Ma... ma non mette la mano fuori. Che fai?"

"Ahahah, scusa, rido ma in effetti è una situazione che ho visto anch'io e dopo quello che mi hai detto poco fa direi che il fatto che si sia alzato e avvicinato sia una chiara manifestazione di voler salire."

"Quindi ti fermi?" chiedo.

Mentre le porgo questa domanda sorrido perché Patrizia osserva Luca e Andrea, quasi fossimo a scuola in cerca di suggerimenti utili, ma le quattro spallucce che si alzano sorridendo non producono aiuto alcuno.

Interviene Andrea, il suggerimento è buono ma non risolutore:

"Potrebbero regalare un braccio finto in allegato all'abbonamento con l'obbligo di usarlo! Così non ci sarebbero scuse o fraintendimenti!"

Scoppiamo a ridere per l'ennesima volta.

"Mi fermo!" dice poi convinta.

"Quindi gli apri la porta anteriore proprio davanti al naso e... 'no, no! Sto aspettando un mio amico, non devo salire!'"

E come se ciò non bastasse, imitando stavolta la voce di un classico vecchietto brontolone, aggiungo: "Incredibile! Ho visto anch'io che quel signore non voleva salire! Non ha mica messo la mano! Lei guida senza conoscere il vostro regolamento e noi perdiamo tempo!"

La faccia di Patrizia è nuovamente uno spasso!

"Ma che maleducato! Non mi riferisco al signore che non doveva salire, ma al vecchietto! Che fretta potrebbe mai avere?"

"Ah a me lo dici? Te l'ho detto, non mi sto inventando nulla, devi fare delle scelte e ci sarà sempre una parte di utenza che ti criticherà, convinta che dovevi fare diversamente, mischiando regolamento e cortesia a prescindere".

"Ok, chiaro, mi stai facendo passare la voglia di farmi la patente, nella prossima vita intendo!"

"Ma no, Patrizia, tranquilla, ci sono tantissimi pregi e lati positivi! Non sei rinchiusa tra le quattro pareti grigie di un triste ufficio e vedi la tua città vivere, cambiare, ammiri albe e tramonti, alte maree che inondano il lungomare, vedi tanta gente e non tutti si fanno odiare anzi, in tanti anni ho costruito amicizie, non ultima la vostra, perché anche adesso stiamo vivendo qualcosa di diverso, cosa impossibile da fare rimanendo fermi seduti su un divano a casa o sulla sedia di un ufficio".

"Però è divertente, fammi altre domande, le più semplici possibilmente, di quelle che ti hanno fatto veramente".

"Questo autobus otto diventa sedici?"

Patrizia scoppia a ridere.

"Eh lo so che fa ridere, ma evidentemente chi te l'ha posta ha associato un cambiamento di percorso che le sarà capitato e le sembrava di averla esplicitata nel modo più corto ed esaustivo possibile!"

"E tu cosa hai risposto?"

"Nei primi secondi nulla da quanto ero spiazzato, poi ho sdrammatizzato per sorridere e le ho detto: 'appena raggiungo l'altro autobus numero otto!' Facendo sorridere l'altro utente che stava ascoltando questa strampaleria."

Continuo: "E dovresti vedere le reazioni alle variazioni di percorso! Un giorno mi viene comunicato tramite la radio che a causa di una impalcatura crollata il solito percorso deve subire una variazione. Tiro il freno a mano, mi alzo in piedi e provo (provo!) ad illustrare ciò che faremo. Ma appena apro bocca una signora già mi interrompe e cosa mi dice? 'Che alto, lei è veramente tanto alto, andrà presto in cielo!' Devo girarmi per non far vedere a tutta l'utenza richiamata poco prima che in un gesto scaramantico devo toccarmi più volte i testicoli. Provo (provo!) a proseguire nella spiegazione ma alla parola deviazione una signora abbastanza anziana urla: 'Aiuto, aiuto, le deviazioni mi mettono paura, scendo qua che conosco altrimenti mi perdo, aiuto!'"

Li osservo divertito: "E dulcis in fundo, quando pensi di aver spiegato tutto per filo e per segno rassicurandoli che al capolinea ci arriveremo comunque ma attraversando altre strade, c'è sempre, SEMPRE, chi si alza e ti dice: 'ma per me che ho l'abbonamento cambia qualcosa?'"

"Ahahahah", ride senza sosta Patrizia.

"Tu adesso ridi, ma qualche ora fa ho pensato di rivivere la stessa cosa con te quando vi ho detto che non potevamo partire e volevi farmi una domanda! Per fortuna è andata diversamente!"

"Ora che ci ripenso anch'io ne ho combinata qualcuna sul bus."

"Tuuuu?" esclama Luca.

"Ma niente di particolare. Un giorno ero in piedi intenta a guardare le foto dei nipoti sul cellulare, poi ho visto l'autista bloccare tutto senza apparente motivo, è venuto da me a dirmi 'Guardi che ha la spalla appoggiata al campanello e sta continuando a suonare non appena chiudo la porta!'. Che figura!".

"Una trentina d'anni fa invece," continua Patrizia, "stavamo ristrutturando casa, mio marito era bravissimo in tutto e io lo aiutavo per quel che potevo. Purtroppo si guastò la nostra automobile, ma noi avevamo assoluta necessità di terminare il lavoro, così portai due secchi di malta in autobus! Chiesi di non farli troppo pieni sia per il peso ma soprattutto per non rovesciare la malta in bus. Salii e corsi al centro con i due secchi, facendo quasi strike colpendo leggermente le persone in piedi a destra e a sinistra. Nonostante calcolassi tutte le curve ammortizzando i movimenti dei secchi, sporcai un po' il corridoio. Ricordo di esser scesa di nascosto quasi incappucciata come una ladra.

L'ultima che ricordo è quando persi il cellulare, ero convinta di averlo perso in autobus perché avevo sentito che qualcosa era caduto ma non avevo avuto il tempo di realizzare e cercarlo. Una volta scesa chiesi alla mia amica di comporre il numero, suonò a vuoto più volte. Riuscii a risalire al numero del treno grazie ad un tuo collega a cui fornii l'orario di partenza, vedi Davide, il tuo libro è stato utile a comprendere cosa cavolo fosse quel numerino nell'angolo anteriore. Dopo il numerino uno attesi il due e chiesi all'autista se per caso fosse stato rinvenuto un telefonino. Lui rispose di sì e che suonava continuamente.

'Scusi ma perché non ha risposto?', gli chiesi.

'Guardi che io devo guidare, la multa la prendo anche se parlo con un cellulare ritrovato e non solo con il mio! Avrei risposto al capolinea'.

Lo ringraziai ed in effetti non aveva mica torto poverino, quanto gli ho fatto suonare quel cellulare ahahah'."

"Altri aneddoti?" chiede Andrea entusiasta. "Giuro che domani vado a comprare il libro, mi sono già appassionato delle avventure sugli autobus!"

"Ricordo una signora in attesa dell'autobus al capolinea delle linee 16 e 15. Non salendo sulla 16 e nemmeno sulla 15, le chiesi se avesse bisogno di aiuto o di qualche informazione, ma lei mi disse che sarebbe salita sulla successiva... la 14! Perché la logica non è uno scherzo: sedici, quindici e ovviamente quattordici, certo! E magari poi anche la 13 che ha un percorso circolare accanto all'ospedale da tutt'altra parte! Ma non ci fu verso di convincerla!"

"Vogliamo parlare delle suonerie dei vari cellulari in autobus?" dico loro. "Ci sono quelle classiche di utenti più anziani, solitamente in tonalità e volume crescente a cui buona parte dell'utenza avrebbe risposto al primo squillo, mentre capita che l'interessato se ne accorga alla quinta ripetizione giunta ormai ad un volume assurdo. Una volta fui partecipe di uno scherzo molto spassoso, un giovane aveva lasciato il cellulare nella borsa da allenamento infilata tra i sedili, e ben presto mi accorsi che era stato intenzionale perché la suoneria non era altro che il miagolio di un gatto. Quel gruppetto di amici si divertì ad osservare alcuni utenti intenti a cercare un micio tra la biancheria sporca e puzzolente del giovane! Ingegnosi, quasi come voi!" dissi rivolto ad Andrea e Luca. Che in effetti replicarono con un: "Grandi!"

15.

"Comunque per guidare bisogna avere la passione, perché se già parti senza passione lo stress quotidiano ti entrerà più velocemente sottopelle e potrebbe risultare più difficile gestirlo. Già lo vedete anche voi in auto. Tu Patrizia hai la patente? Guidi? Dato che mi hai detto che usi tanto i bus non è scontata come domanda."

"No, in effetti non mi sono mai fatta la patente, ma non per pigrizia, ma per come si è svolta la mia vita non c'è mai stata la necessità. Per gli spostamenti guidava sempre mio marito, fino a quando ha potuto o almeno fino a quando gli feci notare che i riflessi e soprattutto l'udito non erano più quelli di una volta. Nell'ultimo periodo mi ero immedesimata nella nostra macchinina poverina: 'Aaaaaaaaaaaaa aaaaaaaaaaaaaaaaaaaaaaa partiamo! Dai! Sono al massimo e non ci muoviamo!' Niente da fare, ancora più forte:

'AAAAAAAAAAAAAAAAAAAAAAAAAAAAAAA basta! Stacca questo piede dalla frizione e andiamo! Ho i pistoni che battono come in una gara di Formula 1 ma siamo fermi! Ecco, andiamo, pian pianino... BIIIPPP! Orcapeppa siamo in strada da un minuto e già tutti ci suonano che andiamo troppo piano! Di questo nonno io non ne posso davvero più, sono con lui da qualche anno ma mi sembra di aver fatto molto più degli ottomila chilometri che in realtà ho percorso con lui. Per carità, sono sempre pulita eh, non mi mancano mai acqua ed olio, ma dentro soffro! Attenzione! Attenzione! Siamo fermi in salita e adesso per ripartire mi farà sudare come in agosto: AAAAAAAAAAAAAAAAAAAAAAAAAAAAAAA e siamo ancora fermi! Tiro ma se lui non molla il freno a mano io posso urlare due ore ma resteremo fermi qua! Aiuto! AAAAAAAAAAAAAAAAAAAAAAAAA andiamo, menomale. Sì ma sapete dove andiamo? Sempre il solito percorso, sempre il solito buco che lui non evita, ed io non capisco perché, e prendo sempre un colpo col sobbalzo. Non ne posso più, giuro! E questo è niente perché tra qualche minuto torneremo a casa e salirà anche la nonna, con un culone che non vi posso dire che riesce a malapena a sedersi. Mette la mano destra sul solito sostegno vicino al suo enorme orecchio e quando il nonno scende per andare dal giornalaio lei alza la chiappa tirandomi forte la maniglia e molla sempre sempre una scoreggia! Lei vuole che io canti, ma sempre la stessa canzone! Strangers in the night, ogni volta! Bella eh, ma fammi cantare anche qualcos'altro! Quando scende poi mi fa ondeggiare come una barca nel mezzo di una mareggiata. E torna sempre con aglio e cipolla... basta!

Giuro, vorrei accendere spie di ogni tipo e che mi lascino in strada. Da qualche giorno sono in garage, non andiamo più a fare il solito giro. Sono in ordine, bella e profumata. Ma ferma. Oggi è venuto il nonno a trovarmi e con lui c'era un ragazzo giovane. Eccolo qua, ma cosa sta facendo? Mi attacca una P con l'adesivo. Si ok, però basta, secondo me l'hai attaccata a sufficienza, non esagerare che poi per toglierla mi tirerai la carrozzeria e saranno dolori. Il ragazzo entra. Mi mette in moto: ero in moto da meno di tre secondi quando al primo tentativo di muovermi mi sono già spenta. Aaaaa ecco che andiamo! Mi fai singhiozzare un po' ma facciamo finta che sia l'emozione. Attento al gradino! L'abbiamo rifilato! Dove andiamo? Chi è questa ragazza che sale dall'altra parte? Mi fai cantare, bravo! Bravoooo! Roba moderna finalmente: *Baby baby mi fai più dell'alcool mi fai più della weed...* che cazzarola sto cantando?!? Ma almeno abbiamo cambiato! Dove stiamo andando? In autostrada? Che bello! Non ero mai stata in autostrada in tanti anni e forse ti accorgerai che ho anche la quinta marcia che il nonno ignorava. Ah no, niente autostrada, a destra verso l'Area di ricerca, ah siete due studiosi ma a quest'ora della sera andate a studiare? No, non andiamo nemmeno là. Parcheggio del sentiero Globo_ner? E cos'è sta roba? Siamo soli eh, ovvio... è quasi buio. Perché ti sei fermato? Ti sei fermato tutto storto eh ragazzo mio! Ecco, bravo, rimettimi in moto che mi sono tutta infangata e andiamo via. No, si è solo spostato ma almeno siamo dritti. Mi spegne e intanto canto. Ahia! Che ginocchiata mi hai tirato al volante! Dove vai? Pum, un calcio al cambio anche! Starete stretti in due dalla stessa parte eh! Scusatemi, volevo farvi notare che avete tolto scarpe e calze e le avete messe proprio davanti al bocchettone dell'aria! Niente, voi non sentite la puzza? Mi state toccando in punti mai toccati prima! Aaaaaah che bella grattata con le unghie sul vetro, non mi prudeva ma devo ammettere molto molto piacevole. Non vorrei interrompervi ma sono ore che canto e hai lasciato la chiave girata a metà. Ecco, non riesco nemmeno più a cantare, vi rendete conto? Bravi, vestitevi e andiamo via perché io non vedo più niente e mi sento assai stracca come mai in vita mia. Gu gu guuuuu. Gu gu guuuu. Che rumori ho fatto? Sono sfinita, ragazzi, da qua non ci muoviamo! Bravo, chiama l'amico. E lui arriva con un bel macchinone che mi guarda con supponenza, che figura mi fate fare! Mi aprono, mi attaccano due cavi ed urlano 'Libera!' come fossi infartata e arrivano i dottori con le piastre a darmi la scossa. Ok, possiamo andare. Ma l'amico gli fa notare che sono molto stanca e se sbaglierà partenza facendomi spegnere il motore resteremo nuovamente fermi quindi per dieci minuti almeno dovrei rimanere su di giri per ricaricarmi... AAAAAAAAAAAAAAAAAAAAAAAAAAA AAAAAAAAAAAAAAAAAAAAAAAAAAAAAAAAAAAA AAAAAAAAAAAAAAAAAAAAAAAAAAAAAAAAAAAA AAAA Noooooooooooooooooo!!! Ancora come con il nonno noooooooooo!!!'"

16

Ad Andrea squilla il cellulare ed appena visto il nome apparso sul display si defila verso l'ultima fila di sedili del bus. Dal linguaggio del corpo simile a moine e dalla voce appena percettibile capiamo tutti che all'altro capo c'è una ragazza.

Quando ritorna tra noi Luca chiede: "Sempre lei o un'altra?"

"Ma quale altra zio? Son bravo io! Mica come te!"

"Alt! Alt!" intervengo io. "Racconta racconta, sei un playboy da strapazzo o cosa?"

"Beh, ad esempio con l'ultima... la invito a cena. Lei accetta. Cucino io, decisamente me la cavo. La faccio ridere, sto andando alla grande... accendo quattro candele, chiudo le luci, metto della musica che lei trova perfetta, *Smooth operator* di Sade... infatti ci accomodiamo prima sul divano, poi a letto. Ci spogliamo. Sono carichissimo. Lei ansima, foccamiseriafocca come ansima. Prima piano, poi sempre più forte. La mordo sul collo. Controllo che non stia fingendo (Patrizia lasciami l'illusione di capirlo! Ahahahah) ma addirittura le manca il respiro da quanto ansima. Penso di essere un amante eccezionale, esperto, passionale.

Cazzarola era asmatica! Attacco d'asma!

Allergica alla gatta che fino a quel momento se ne stava nascosta in camera (non ho capito se per gelosia o perché le scappa da ridere a vedermi tra i fornelli). È andata a prendere una boccata d'aria poverina e non l'ho vista più… in tutti i sensi."

Rido di gusto e replico: "Pensate che anch'io ho dei trascorsi da conquistatore! Ieri mattina ad esempio robe da playboy addirittura! E soddisfatto pure! Non una, non tre, ma otto e dico otto, ben otto donne di età variegata mi correvano dietro! Il motivo? Stavo per lasciarle a terra, ma avevano sbagliato loro, la fermata l'hanno spostata un po' più avanti. Così non una, non tre, ma otto e dico otto, ben otto donne mi hanno detto 'scusa, ho sbagliato!'. Ma quando cazzarola mi ricapita una roba del genere?"

Patrizia sorride e attacca: "Pensate che a differenza di tutte le vostre conquiste io ho avuto un unico uomo! Conosciuto proprio qui al mare e che mi ha chiesto di sposarlo proprio là in cima al molo al tramonto!"

"Chiederò la mano della mia donna quando la mia (mano) si sarà stancata" interrompe il momento romantico Luca ridendo a crepapelle.

"Sei un cretino, un divertente cretino!" gli ribatte lei.

"Comunque mi sento di dirti: beata te Patrizia!" esclama Luca.

"Come sarebbe a dire beata te? Mi sembra che tu vada orgoglioso delle tue conquiste!"

"Intendevo che una cosa è crescere insieme, il primo bacio, la prima notte insieme e poi tutte le altre notti! Che ci si abitua a chi si ha vicino, si gestisce il suo russare, ad esempio."

Patrizia sorride annuendo.

Luca prosegue: "Quando si è giovani non si bada a nulla, magari ti capita, che ne so, a diciotto anni di dormire in una tendina canadese tre metri per due dopo aver tolto entrambi le scarpe all star in tela, che dovevano schedarle tra le armi chimiche dopo averle tenute addosso per una giornata intera! Poi da adulto capita di vivere un'altra 'prima volta', ovvero di dormire assieme alla nuova morosa, consapevole di tutti i disturbi che avevo arrecato durante il sonno alle precedenti! Come se loro stessero sempre ferme o zitte! Quest'ultima però è la peggiore!"

"Oh mamma mia! Cosa fa di così tremendo?" chiede Patrizia.

"Meteorismo? Flatulenza continua?" domando io ridendo.

"No, no, peggio!"

"Parla durante il sonno nominando sempre il suo ex?" esclama Patrizia convinta di aver azzeccato.

"No, peggio!"

"E cosa esiste di ancor peggiore? Non ne ho idea!"

"Il nulla! Cioè lei non fa proprio nulla! Mi ha detto che come si infila sotto il lenzuolo così se ne esce la mattina senza quasi dover riordinare. Ciò vuol dire che tutto il resto sarà indiscutibilmente opera mia! A volte ci tengo davvero a far bella figura che non si sa mai ma potrebbe essere quella giusta no?!? Così, dato che non mi capacitavo su cosa facessi realmente durante il sonno, la settimana precedente alla nostra prima piccola vacanza assieme sono andato a comprare una telecamera, una di quelle piccole avete presente? Come quelle che si mettono sui caschi i motociclisti o sul parabrezza dell'auto per registrare tutto il viaggio chiarendo contenziosi in caso di incidente. C'è anche la funzione per la visione notturna. Non costa molto tra l'altro ed è facilmente programmabile anche da non esperti programmatori come me.

Così l'ho sistemata davanti al mio letto. Ricordo che l'ultimo gesto prima di addormentarmi è stato premere il tasto per spegnere l'abatjour sul comodino, e visto che mi sono svegliato con la mano sullo stesso tasto sono andato a rivedermi il filmato fiducioso di non essere così male come ero stato descritto.

Preparo il caffè, sistemo il pc, attacco la telecamera e nella mezz'ora prima di andare a lavorare voglio assolutamente vedere queste sei ore e trenta di sonno tranquillo convinto che basterà accelerare il filmato soffermandomi raramente su qualche cambio di posizione. Curiosi anche voi eh?" chiede Luca a noi tre in visibile attesa.

"Il film inizia qualche minuto prima del mio ingresso nel letto," riprende a raccontare. "Eccomi che arrivo, saluto la telecamera come un cretino con un sorriso smagliante, beh non proprio dato che quella lucentezza non è data dai denti ma dall'apparecchio per il bruxismo, mi distendo, mi metto sul fianco sinistro in posizione quasi fetale, allungo la mano e chiudo la luce. Cambia ovviamente il colore e sembro un tranquillo extraterrestre verde in un letto. Dopo appena due minuti, visibili sull'angolo superiore sinistro, già cambio posizione e sono dritto come in un sarcofago, mi manca solo un rosario attorno al collo e sembro un santo! Per come sono messo ora ci potrebbero stare altre tre persone nel letto accanto a me, alla faccia delle ex brontolone! Venti minuti dopo sembro proprio un santo, sì ma nell'atto di benedire i fedeli! Ho la mano in alto e punto l'indice al cielo come se stessi ballando *Staying Alive*. Ed ora? Cosa sto facendo? Dei movimenti con le mani come se sgusciassi un gambero! Ed infatti mi porto alla bocca la prelibatezza invisibile ma sembro schifato come se ci fosse ancora una chela dura, sembro estrarla dalla bocca ma ciò che esce è il bite protettivo, e lo lancio!

Torno in posizione fetale, stavolta a destra, ma il suono che mi arriva è tremendo! Sembra il respiro inquietante di Dart Fener! E lo faccio per un'ora interrompendolo con una intensa digrignata di denti con un rumore simile all'apertura e accensione della spada laser di Obi-Wan Kenobi. Sorseggiando il caffè dico con sconforto 'che la forza sia con te' completando il film di Guerre stellari. Sono esterrefatto! E non siamo neanche a metà!

Ora ho il braccio destro lungo e quello sinistro più corto più vicino al corpo, e sembrano le due lancette dell'orologio: indico le quattro e un quarto, poi le cinque e qualche minuto e passo velocemente alle nove e un quarto cioè la posa peggiore sembrando l'uomo vitruviano di Leonardo da Vinci!

In quel letto non ci sarebbe posto per nessun altro in questo momento. Sembro morto, anzi, guardando meglio l'immagine sono proprio in apnea da una decina di secondi dato che il torace non si alza e c'è un silenzio assoluto, oh Santa Maria, cioè ogni notte rischio la vita?

Poi mi appallottolo portando con me tutte le coperte, mi siedo, trovo il bite e me lo inserisco, almeno qualcosa di positivo, cerco il cuscino che è appena caduto in fondo al letto, mi rassegno a dormire senza ma non mi accorgo che sto dormendo con la testa sul lato destro e i piedi tutti a sinistra. Continuo a guardare sto video con rassegnazione pensando di aver già visto il peggio, e invece no! Sparisco dall'inquadratura!

Proprio quando sto degustando l'ultimo sorso di caffè

allontanando gli occhi dallo schermo per qualche secondo, torno a guardare e non ci sono! Devo ritornare indietro, premo il tasto del riavvolgimento per capire cosa possa essere successo. Cado! Cioè proprio volo dal letto! Non ricordo nulla, eppure vedo che mi massaggio il gomito!

Metto in pausa ed in effetti toccando il braccio lo sento un po' dolorante. Eccomi rimettermi comodo, è quasi mattina, avrò visto tutto? Macché! Come Sandra Mondaini in Casa Vianello scalcio sotto quel che resta di un lenzuolo, quello di sotto purtroppo non quello coprente di sopra! Son riuscito, infatti, a sfilarlo e ad infilarmi direttamente sul materasso! E colpo finale da posizione fetale a destra metto entrambe le braccia lunghe come ad impugnare la racchetta di tennis e con un preciso rovescio a due mani ruoto su me stesso ritrovandomi con la mano sul tasto dell'abatjour. Luce accesa, saluto in direzione della telecamera, orgoglioso di essermi svegliato così come mi ero addormentato"

Patrizia addirittura singhiozza dal tanto ridere e tra una risata e l'altra riesce a chiedere: "Quindi come ti comporti con una nuova sventurata?"

"Ah metto le mani avanti! Sul letto le faccio trovare una rosa... e un casco, ahahah! Come a dire donna avvisata mezza salvata!"

Le nostre quattro risate si accavallano senza sosta.

Ancora ridendo interviene Andrea: "Lo sapete che ad un certo punto a mio zio le donne piovevano anche dal cielo?"

"Eeeeehh?" in coro Patrizia ed io, mentre Luca scoppia a ridere: "Vai Andrea, raccontala tu!"

"Anni fa eravamo a casa di amici di famiglia in una zona boschiva di San Dorligo della Valle e accanto alla loro casa c'è un enorme spiazzo verde dove solitamente atterra chi si lancia col parapendio dal monte di San Servolo."

"Ah sì!" lo interrompo. "Li vedo spesso, anzi li vedono tutti quelli che transitano per la periferia est. A volte prendo in giro la mia compagna quando vedendone tre in cielo dico guarda che bei colori hanno quei cinque parapendii, poi a volte ne compare uno da dietro la montagna come a darmi man forte che davvero possano esserci cinque di quei paracaduti rettangolari, obbligandola a osservare il cielo con maggior attenzione mentre io me la rido sotto i baffi."

"Dopo la storia che vi racconterà mio nipote mi sono informato ed un lancio l'ho fatto," dice Luca. "È bellissimo galleggiare senza più la terra sotto i piedi, ammirare il panorama dall'alto, i boschi, i sentieri, il torrente, tutte cose che conoscevo ma viste da un'altra prospettiva: la montagna vista da sopra sembra più piccola e ho notato particolari mai visti prima, scorso nuovi sentieri, mi sono lasciato andare nel vento. Tutto ciò che sembra insormontabile viene ridimensionato, e un po' filosoficamente mi vien da dire che tutto ciò che ti sembra grande ed insuperabile come qualche problema che la vita ti pone, viene visto con distacco e assume una dimensione completamente diversa. In tanti ovviamente mi dicevano di non farlo ma se ascolti gli altri, vivrai la vita degli altri, se hai un sogno vivilo e lanciati!"

"Sai zio, tu dici sempre una marea di cavolate ma ogni volta che racconti questa esperienza esce un tuo lato filosofico nascosto! Non sei posseduto vero? Zio sei tu sì?" chiede Andrea ponendogli le mani sulle spalle e agitandolo come per farlo tornare in sé.

"Che cretino! Ahahah dai prosegui con la storia!"

"Mentre stavamo guardando una partita a casa di questi amici abbiamo sentito un lamento, una voce femminile che chiedeva 'c'è qualcuno?'. Ovviamente il primo a fiondarsi all'esterno è stato lui e subito dietro tutti noi. Una ragazza si era impigliata con il suo paracadute sul nostro albero. Ci siamo accorti fin da subito che la ragazza era illesa ma solo spaventata, così lui ha pensato bene di sdrammatizzare urlando: 'Grazie Dio! Che mi mandi la donna dal cielo! Hai ascoltato le mie preghiere! Me l'hai fatta arrivare all'ora di cena in modo che io possa già mangiare in dolce compagnia!'. Continuò così per cinque minuti dato che stava avendo il risultato voluto, ovvero tranquillizzare la sfortunata facendola anche ridere, mentre mio padre e l'amico sono andati a recuperare la scala per tirare giù la malcapitata. Quindi immaginatelo con le braccia al cielo che rende grazie al Signore e riempie di complimenti sta ragazza tipo... 'e che bella me l'hai mandata! Ma sa anche cucinare? Che sorriso meraviglioso come nei miei sogni' e altre grida del genere che hanno reso l'opera di soccorso leggera e quasi uno spasso".

In mezzo a quell'autobus Luca si mette in ginocchio mimando e ripetendo quella situazione paradossale ma realmente accaduta.

Con non poca difficoltà ritorniamo seri.

"Patrizia, scusami, prima hai detto di aver avuto solo un uomo e non vorrei essere indelicato, ma mi immagino una grande storia d'amore, di quelle che le nostre generazioni non sembrano vivere più", chiedo.

"Verissimo! Pensate che l'ho conosciuto proprio qui, accanto alla fontanella. Per questo motivo vengo spesso qui col bus a farmi un giretto nei 'nostri' posti, a respirare il mare che nella mia e nostre vite ha sempre avuto un ruolo fondamentale. Un'unica grande storia, hai detto bene, figli e nipoti che adesso sono in montagna in vacanza e quindi ho più tempo libero, altrimenti qui riesco a venire solo la mattina mentre loro sono a scuola. Anche lui li adorava, li portavamo ovunque. Poi la malattia, breve ma incurabile. Quindi, eccomi qua", conclude, asciugandosi l'occhio umido e commuovendo a sua volta anche noi.

Quello più sorpreso sembra essere proprio Luca, che non nasconde un pizzico di invidia quasi dichiarando di ammirare la sua storia e di dispiacersi di non essere in grado a prolungare una relazione.

"Ma sempre tutto liscio Patrizia? Per me incredibile. Cioè mai un tradimento o una sbandata?"

"Nessun tradimento. Né da parte mia né da parte sua, ne sono certa. Ricordo un'unica difficoltà, una sbandata come dici tu. Mettetevi comodi che ve la racconto."

17.

"Guardami! Ti ho visto che mi hai adocchiata! Non far finta di niente. So che vuoi guardarmi, venire qua da me e toccarmi! Provi a far finta di niente eh!? Mi dai la schiena addirittura, per evitarmi.

Girati! Guardami! Vieni qua! Stai parlando di cose che non ti interessano solamente per provare a starmi lontano ma io ti dico girati!

Ecco bravo, guardami! Sono come un'odalisca che ti sculetta davanti, ti incanto come quei serpenti che si alzano e dondolano incantati.

Ti piaccio eh! Siediti davanti a me! Guardami, adesso toccami! Ti ho convinto a metterlo dentro! Bravo!

Mio marito ha perso l'equilibrio. Magari si trattasse di una piccola labirintite risolvibile con una scassata di testa per sistemare le piccole ossa delle orecchie, un po' di vomito, mal di testa, qualche giorno di riposo e via, guarito! Seeee... magari! Ma è già da qualche giorno che lo vedo nervoso, ha sempre fretta di uscire, trascura gli amici, trascura anche me ma dopo quaranta anni insieme sto pensando che un po' di colpa possa essere anche mia ed uscire un po' di più non gli fa mica male.

Ma vedendolo trascurare i nostri amati nipotini ho deciso di indagare.

Questa notte ho dormito poco, anzi niente. Ho fatto finta di dormire. L'ho visto alzare la testa per controllare l'orologio luminoso sul comodino. Una volta. Due volte. Tre. Quattro! Il sonno disturbato e questa fretta di svegliarsi... ma dove deve andare?

Mi sono alzata con lui, troppo presto per due pensionati ma ho fatto finta di niente. Abbiamo fatto colazione quasi in silenzio e le poche cose che mi ha detto erano scontate e banali. È evidente che nasconde qualcosa! Ma cosa? Non c'è altra soluzione: devo seguirlo.

Mi sono vestita in fretta e furia con le prime cose che ho trovato, non mi sono truccata e sono scesa appena ho sentito il portone d'ingresso chiudersi. Ho dovuto accelerare il passo come non facevo da anni rischiando forse una caduta, ma dovevo scoprire ed eventualmente risolvere. Avevo molta agitazione e preoccupazione ma altrettanta determinazione.

Lo vedo. È entrato in un bar. Sta a vedere che si è innamorato della barista! Non riesco a vederlo ma all'interno di questo bar rimane sicuramente un tempo maggiore a quello necessario per assaporare un caffè, leggere il quotidiano e far due chiacchiere.

Passa qualche ora e mi sento a disagio in questa attesa snervante. Passa qualche conoscente che mi saluta ma non ha il tempo, per fortuna, di fermarsi data l'ora di inizio delle varie attività quotidiane.

Finalmente esce. Mi nascondo ulteriormente in modo da non farmi scoprire e infatti non mi vede e si allontana. Mi avvicino a questo bar con il battito del cuore accelerato, forse mi troverò davanti la mia rivale, forse una barista tettona con quelle curve che a me mancano e forse in minigonna con due cosce da urlo. Niente di tutto ciò:

una ragazzina simpaticissima, sorridente, tranquilla, dolce e affatto volgare né nell'abito né nell'atteggiamento.

Mi giro verso destra e là sì che la vedo! Brutta stronza!

Mi scende una lacrima istantaneamente. E resto lì, immobile e rimbambita.

Eccola qua: la slot-machine!

Al pomeriggio lui accompagna il nipotino a calcio ma mi ha già avvisato che resterà fuori un po' di più del solito orario. Alle diciotto circa vado in quel bar, prima di lui. Mi siedo proprio su quello sgabello con in mano un succo di frutta ordinato per educazione ma malvolentieri, dato che proprio non vuole scendere per la sensazione di chiusura alla gola.

Eccolo qua.

Entra. Saluta educatamente con il suo bel sorriso, come sempre perché d'altronde è una brava persona. Si gira verso destra e i nostri sguardi si incrociano.

Silenzio.

Solamente anni e anni fa ci eravamo guardati per un periodo così lungo perché ci capivamo sempre al volo: ogni smorfia, ogni inclinazione del labbro mi dicevano già tutto e quanto amore ci sarebbe stato per sempre tra di noi. E anche questa volta io ho già capito tutto: la sua lacrima mi fa alzare dallo sgabello. Lo cingo con le braccia e così abbracciati mi spinge delicatamente verso l'uscita per allontanarci assieme.

Non voglio sapere quanti. Non voglio sapere da quando. Voglio solamente lui. Il lui di sempre, quello che mi ha accompagnato in ogni situazione fino ad arrivare alla pensione e ad una vita più che dignitosa.

Abbracciati andiamo a casa. Basterà? Basterà! Bastò."

"Per fortuna è bastato!" commento. "Ogni mattina nei

bar ai capolinea ne vedevo sempre tanti, troppi! Di ogni età: sia persone in pensione sia lavoratori usciti prima da casa proprio per sottostare al maledetto vizio. Aspettavano l'apertura del bar per giocarsi centinaia di euro. Ultimamente ne vedo di meno e ho la sensazione che non siano guariti improvvisamente tutti ma che abbiano perso i risparmi di una vita e abbiano ridotto drasticamente l'importo da giocare. Quando bevo il primo caffè più per esigenza che per piacere, sento quel suono che indubbiamente ha qualcosa di sensualmente diabolico con il rumore dei soldi che scendono e poi rientrano. Quando mi reco al bagno scorgo qualcuno su quei sgabelli che si nasconde, conscio di fare qualcosa di pericoloso da dover tenerlo segreto."

"Visto che siamo alle confidenze," rompe il silenzio Luca che sembra aver perso il suo solito sorriso, quasi fossimo in meditazione su un problema troppo grande da risolvere in un autobus, "sentite questa: *'C'è a Trieste una via dove mi specchio nei lunghi giorni di tristezza, si chiama via del Lazzaretto vecchio'.* Sapete dove si trova questa scritta?" ci chiede.

"In via del Lazzaretto! Dove altrimenti?", rispondo senza molta convinzione, perché è evidente che il fine della domanda è un altro.

"Sì, ma intendevo a che altezza?"

"Giù in fondo alla via, cioè intendo non verso piazza Venezia ma nelle vicinanze del grattacielo!", rispondo con sicurezza stavolta.

"Non intendevo nemmeno questo. Ve lo dico io: si trova proprio davanti alla mia finestra. Ci sono due targhe, una ha il nome della via, l'altra riporta questi versi. Abito al primo piano della casa davanti a questa scritta. Quando ho comprato questo appartamento mi ha affascinato l'idea di avere un pezzo di storia della mia città proprio a vista. L'altro mio fratello invece, ha comprato l'appartamento nello stesso edificio, ma nell'angolo diametralmente opposto al mio. I primi giorni mi svegliavo e vedevo orgogliosamente questa frase che mi ha dato lo spunto per rileggere Umberto Saba, il suo Canzoniere e tutto sulla sua vita. *C'è una via dove mi specchio... Via del Lazzaretto vecchio* ogni mattina.

Penso che qualsiasi altra persona quando alza le tapparelle si trova davanti il suo alberello, una pianta, i più fortunati il mare o chissà che vista sul golfo. Ecco, almeno l'albero cambia colore: verde chiaro, verde scuro, giallo, marrone, poi spoglio e nuovamente verde chiaro, verde scuro e avanti così a ripetizione scandendo le stagioni. Questa scritta è sempre grigia, l'unico cambiamento lo fa quando piove divenendo grigio scuro! Sia ben chiaro che non ce l'ho con il nostro Poeta, di cui conosco più della media di tutti i triestini, e non ce l'ho nemmeno con l'architetto e il muratore che l'hanno messa là. È chiaro che ha rispecchiato per un periodo il mio stato d'animo e di leggere sempre la stessa cosa non ne avevo più voglia.

Quando tornavamo a casa io e mio fratello salivamo le scale e lui era allegro, con la moglie che lo aspettava, mentre io avevo più fiacca, lui girava a destra, io a sinistra. Sapete cosa c'è sotto la casa di mio fratello? Il sexy-shop! Lui ci è proprio sopra, non vede le vetrine e forse è meglio così altrimenti avrebbe un uomo col frustino che gli dà il buongiorno ogni mattina. Ma mi racconta che con sua moglie si mettono sulla finestra e fantasticano sulla clientela.

Vedono tanti uomini da soli che escono con regali più o meno grandi, qualche coppia, ragazzi da poco maggiorenni che entrano in gruppo ridendo ed escono ridendo ancor di più pregustando la festa di compleanno o di addio al celibato.

Vedono anche donne di età variabile, raramente sole, più spesso in piccoli gruppi per preparare anch'esse qualche scherzo per una festa, altre volte con l'amica, solitamente una più spigliata che infonde coraggio all'altra più titubante, ma capita anche la disinibita che entra come fosse un bar. Stanno un po' alla finestra, chiacchierano, ridono, insomma se la passano. *C'è una via dove mi specchio si chiama via del Lazzaretto vecchio*", ripete ancora Luca ricordando un periodo che lo deve aver disturbato parecchio, poi continua:

"Se andavo sulla finestra io cosa vedevo? Sempre la stessa targa *dove mi specchio in Lazzaretto vecchio*! Era diventata una ossessione, ho provato a tenere gli scuri semiaperti ma niente! Avete presente quando quello che abita difronte lascia la luce accesa in terrazzo, se la dimentica accesa per la notte intera magari d'estate e vi dà fastidio? No?" ci chiede senza ricevere l'appoggio ed il consenso che probabilmente si aspettava.

"No? Allora non avete mai raggiunto il livello di esaurimento o stupidaggine, dategli il nome che volete, che ho vissuto in quel periodo. Avevo pensato addirittura di venderla per quei cambi di vita che a volte sembrano necessari per uscirne. Un giorno di quelli ho sentito bussare energicamente alla mattina presto, apro e mio fratello mi chiede: 'Sei stato tu?'. Però si accorge della mia risposta negativa ancor prima che aprissi bocca, dato che i miei occhi sgranati di sincero stupore testimoniavano che non ero al corrente di cosa stesse parlando. Mi mostra il giornale e un titolo recita 'Rubati bastone e pipa alla statua di Saba'. Lo faccio accomodare e lo tranquillizzo. 'Sono solo un po' stressato, lo sai, ma sta passando e poi... al limite io sono il cretino di sempre ma quello è proprio un vandalo di merda!' e sorridiamo come non facevo da qualche mese.

Ho trovato un'altra frase scritta metaforicamente in un periodo probabilmente altrettanto difficile: *voi lo sapete, amici, ed io lo so.* Anche i versi somigliano alle bolle di sapone: una sale e un'altra no. Autore? Sempre Umberto Saba ovviamente.

E son ritornato in piena forma per fare le pagliacciate di sempre."

18.

Patrizia: "Wow Luca! Sei così allegro ma è più che normale passare dei periodi sottotono, a me quando capitava e capita tuttora mi rassereno sul mio scoglio preferito sul molo di Barcola. Curioso no? Qui l'incontro con mio marito, poco più in là altri momenti importanti della mia vita, con il mare come comune denominatore... accadde circa 25 anni fa... 'Buongiorno Patrizia, ha dove scrivere? Le do un numero e chiami là per quel nuovo lavoro'. Come una cretina ho detto di sì perché la penna ce l'avevo veramente in mano ma mi mancava dove scrivere! Ho tirato su la manica e mi son scritta il numero là, non sulla mano che dovevo fare ancora due cose e si sarebbe visto troppo, poco più su. Quei segni di penna sul braccio mi hanno aperto un cassetto della memoria: mia figlia era alle elementari e un dottore simpatico aveva fatto a tutti una linea lunga e qualche altra linea in orizzontale. In ogni quadratino ci ha messo una gocciolina e ha pizzicato un po' la pelle. Già dopo pochi minuti aveva bolle rosse: allergia a graminacee e polline. Avessi fatto io alle elementari quelle prove sarebbero uscite macchie simili! Non si facevano all'epoca ma mio padre intuì tutto e notò che stavo meglio nelle vicinanze del mare. Ecco, iniziò così la mia storia d'amore e assoluta devozione a quello scoglio del molo di Barcola.

Dopo scuola mi portavano là, all'inizio rimanevano con me, parlavamo, leggevamo, poi hanno iniziato a fidarsi e andavano lì vicino a bere caffè. Ricordo che mentre leggevo il Topolino, papà arrivava col gelato, sempre alla crema, il mio gusto preferito.

Ci vado spesso ancor oggi, se guardo davanti a me vedo il castello di Miramare ed i gabbiani in acqua, a destra la pineta con i colombi, qualche bufucu e passeri (sempre meno a dire la verità), dietro a me il porticciolo con le gabbianelle sulle barche e le papere in acqua che riscuotono sempre il successo maggiore quando arriva un bambino con il pane vecchio in mano pronto a lanciarlo. Qua trascorro ore, non mi rendo nemmeno conto del tempo che passa, che vola, d'altronde non ci si può mai annoiare guardando il mare. A meditare su questo mondo pazzo pieno di incertezze sul futuro che provano a spegnerci i sogni.

Anche quando l'allergia ha iniziato a diminuire, qua ho trovato e trovo il mio posto ideale, qua faccio pace col mondo, trovo la voglia di fare.

Se qualcosa nella vita va bene la soddisfazione qua si amplifica. Se qualcosa va male qua trovo il conforto.

Qua ho studiato, ho preparato esami, ho dato il primo bacio, ho provato a risolvere tutti i dubbi della vita, sono venuta a togliermi la mascherina sotto pandemia per respirare libera a pieni polmoni quest'aria e il profumo di mare.

Qui sto talmente bene che a volte chiudo gli occhi e dormo beata, talmente comoda e rilassata che un istante prima di aprirli penso che sia trascorsa tutta la notte, di aver fatto sogni meravigliosi, di essere tornata bambina e ritrovare papà che mi aspetta per fare colazione assieme.

Ho perso papà troppo presto, quindi questo scoglio sul mare mi lega molto a lui, anzi, ancora oggi mi giro sperando di vederlo arrivare col gelato.

Lui che era la mia roccia ed io che trovo pace su uno scoglio... non mi pare proprio sia un caso. Mi ha insegnato che l'acqua salata è la soluzione a tutti i dubbi: acqua salata del mio mare, il sudore per ogni conquista, le lacrime sia per una sana risata a crepapelle che per un bel pianto liberatorio.

Mi ha insegnato a sognare e a inseguire i sogni con tutte le forze. Non sempre ci sono riuscita ma in questo periodo in cui vogliono privarci anche dei sogni io so che voglio ricominciare da qua, da questo scoglio.

Chiudo un attimo gli occhi e sospiro, come a scacciare questa quotidianità che sembra un incubo pieno di difficoltà ed ostacoli... e riprendo a sognare con la mente e con il cuore."

Silenzio.

E ancora silenzio.

Ogni racconto di Patrizia è un'estasi tanta è la commozione e la partecipazione. Un unico dubbio accomuna noi tre ascoltatori, una unica domanda: "Ma esattamente, il bufucu cos'è?"

E senza risponderci direttamente Patrizia parte con un'altra favola.

19.

"Bufucu... Buufuuuuucù!

Sono sul tetto di questa casa difronte alla Madonnina d'oro.

Ho conosciuto questo qua che sembra sveglio e mi ha detto che quando l'ombra della statua arriva a quella grondaia devo iniziare a guardare in basso. Devo controllare che arrivi una macchina gialla, che scenda un signore con il cappello, che apra il bagagliaio per prendere due borse gonfie. Mi ha detto che quelle borse sono piene di cibo per noi, però che devo fare veloce: quando lo vedo devo buttarmi in picchiata, sfiorare la Madonnina, atterrare e mangiare veloce perché arriveranno tanti altri e che quando arriveranno gli altri faranno tanto casino, con le ali manderanno il cibo dappertutto e in quel momento devo allontanarmi per mangiare in pace tutto quello che è finito più lontano.

Bufucu... Buufuuuuucù!

Così ho fatto oggi, ma non fa per me. Nonostante sia stato attento altri sono partiti prima di me, più esperti ovvio. Quando sono arrivato giù ho mangiato appena due briciole e tre granelli talmente veloce che per poco mi soffoco. Non ho proprio capito qual era il momento di spostarsi e mi sono arrivati tutti addosso. Erano tutti un po' più grandi di me, un paio erano proprio antipatici con questo petto viola come a dire 'non sai chi sono io!'. Altri, devo essere sincero, erano mal messi: un paio avevano le zampette malandate, altri più spennacchiati e certi beccavano dove capitava colpendo in testa anche me povero disgraziato che sono rimasto sotto. Quando è passata una signora ha fatto gestacci con la mano come schifata e, vi dico la verità, non aveva tuti i torti.

Io mi sono allontanato ma questo ragazzino continuava a corrermi dietro per la piazza, battendo i piedi, io mi sono spaventato e ho fatto due colpi d'ala, provando a rimanere in zona, se per caso avanzava ancora qualcosa da mangiare ma niente, facevo solo divertire il ragazzino.

Bufucu... Buufuuuucù.

Non posso continuare così, sono più piccolo di tutti loro, sono l'unico tutto grigio e pulito con questo cerchietto nero sotto al collo. Io qua non centro niente. Vado a cercare fortuna da un'altra parte.

Ho volato per una quindicina di minuti, ripensandomi un po' qua e là, ma ero sempre in mezzo alle case. Adesso però ho trovato questo bel parco, questa chiesetta bianca che ha anche una vasca con i pesci davanti, e adesso che guardo... ben mischiati tra le pietre ci sono anche chicchi di riso per fare merenda.

Sto proprio bene qua, aria buona, zero macchine e su questo bell'albero posso rilassarmi un attimo, aaaaah.

Bufucu... Buufuuuucù.

Guardandomi in giro vedo una vecchietta nel terrazzo di quella casa laggiù. Ha la mano protesa in avanti con qualcosa appoggiato sopra. Per la miseria non sarà mica la moglie di quel signore con l'auto?

Beh pensandoci non sarebbe affatto un problema, anzi.

Mi avvicino e vedo che sta sistemando granelli o pezzetti di pane sulla sua ringhiera e ritorna a mettere la mano in avanti. Mi fido. D'altronde mi sono fidato di volare in picchiata tra le auto e la gente... vuoi mettere?

Inizio a mangiare i pezzetti più lontani, vedo la sua faccia ed è dolcissima. Non ho nessun problema a mangiare vicino a lei, la guardo inclinando la testa, lei mi strizza l'occhio. Mi allontano che inizia a fare buio.

All'indomani mattina sono là in zona, non c'è nessuno, dormiranno tutti. Io non vorrei svegliarli ma mi scappa il mio verso come per salutare il mondo.

Bufucu... Buufuuuucù, ed eccola la signora venire fuori, sistemare due chicchi e sbriciolare un biscotto.

Questa bella storia va avanti per un bel po', le ho presentato anche la mia morosa.

Tuto bello fino a quando una mattina quella porta non si apre.

Il giorno dopo neanche, e neanche quello dopo ancora... tutto chiuso.

Finalmente la porta si apre, corro là per darle il buongiorno, ma un uomo molto più giovane mi allontana con un gesto della mano in malo modo. Apre tutto, tutte le finestre mostrandomi la desolazione, il deserto, la tristezza di quel posto senza di lei.

Quest' uomo va via, e non mi resta altro da fare che seguirlo. Non andiamo lontano, non ha neanche messo in moto l'auto. Attraversa la strada. Ed io con lui dall'alto. Un po' di salita e a sinistra entra in un edificio subito dopo gli alberi.

Mi guardo in giro, sbircio dalle finestre... e finalmente eccola là! BUFUCU... BUFUUUUCÙ BUFUCU... BUFUUUUCU' con tutto il fiato che ho in corpo. Lei apre gli occhi, si gira verso di me e con la mano tremante mi saluta. In effetti io di lei mi fidavo, ma la mano da qualche settimana tremava molto quando eravamo sul terrazzo.

Lei prova ad alzarsi, non ci riesce, chiama una ragazza, le parla, le spiega, le mostra i biscotti sul comodino e indica me appoggiato là fuori. Che gentile la ragazza, non ha esitato un attimo.

La accompagna con la sedia a rotelle alla finestra e la apre. Io le salto sulla spalla, le appoggio la testina sul collo, lei mi accarezza, sbriciola i biscotti e li appoggia con fatica sul davanzale. A me dei biscotti non importa nulla. Resto sulla sua spalla. Il mio collo storto sul suo.

Il suo collo inclinato per avvicinarsi.

BUFUCU... BUFUUUUCÙ vecchietta mia!"

20.

"Non vorrei monopolizzare la conversazione, ma a proposito dell'ultima frase di Luca con i versi di Saba su bolle e umore che salgono e scendono mi sono ricordata di una racconto, aspettate che lo cerco tra le mail, eccolo! Posso?", chiede Patrizia speranzosa di poter condividere un'altra fiaba delle sue.

"Certo che puoi!", rispondiamo in coro.

"Che stretto! Sono chiuso qua dentro e non si respira! Che puzza! Io e altri novantanove: alcuni piegati a metà, quello accanto a me è sottosopra, altri sono talmente storti da sembrare malati. Eppure si capisce che siamo tutti simili anche se di colori differenti.

Finalmente due mani strappano il sacchetto e ci ritroviamo tutti sopra ad un tavolo, metà vengono messi a sinistra dove una signora sorridente li gonfia con una pompetta ad aria dicendo che qua tutti possono gonfiare palloncini senza paura di vedersi ritirata la patente! Ahahahah!

Li sistemano sopra un bastoncino di plastica e li mettono dritti come soldatini.

Io vengo spinto dall'altra parte, dove un simpaticissimo ragazzo ci gonfia con l'elio. A volte fa il pagliaccio, respirando un po' di quel gas e facendo uscire una voce da Paperino e la signora rischia di farsela addosso dal tanto ridere.

Ci legano con due metri di spago e iniziamo ad essere sospinti verso l'alto.

La gente che passa ci guarda sorridendo, nessuno ha lo sguardo arrabbiato, come se avessimo il potere di rasserenare, come se regalassimo un sogno.

Noto che mi hanno gonfiato un po' più degli altri e con lo spago più lungo di qualche centimetro mi ritrovo lassù, forte e possente, tanto da dimenticarmi che sarebbe sufficiente un ago, un'unghia o una sigaretta a farmi sparire.

Dall'alto vedo arrivare una signora con una bambina nel passeggino che subito mi indica. Mi sento tirare verso il basso e vengo legato a quel piccolo polso. La bambina mi guarda con due occhioni grandi, la signora mi prende tra le sue mani, mi abbassa e mi ritrovo davanti a quel bel visetto.

Sento che quella vocina mi sussurra un nome, mi dà un bacino e mi sfila dal suo polso senza che la signora se ne accorga e... via! Inizio a volare! La signora è preoccupata, teme che la bambina inizi a piangere, ma niente, lei è serena e alterna manina aperta a pugnetto chiuso proprio per salutarmi. Tutta la piazza mi guarda, vado diritto verso l'alto, nessun refolo mi sposta, è come se conoscessi il percorso.

Guardo la bambina che adesso ha l'indice puntato: ecco, la linea che sto percorrendo! Fino a quando non vedo più nessuno, né la piazza né il mare.

Supero tre palloncini che non sanno dove andare, sicuramente sfilati via da qualche mano distratta lasciando un viso malinconico, senza una meta. Mi piace pensare che torneranno a rallegrare quelle persone sotto forma di stelle cadenti.

Vado ancora più su, fino a sopra le nuvole che sembrano anch'esse palloncini gonfiati d'acqua in attesa del fulmine che, come uno spillo, li farà scoppiare, gettando, tra un'ora, un gavettone sulla città. E adesso... Sssssssssh! Silenzio!

Blu, azzurro, celeste e tanta pace. Ma non vedo nessuno!

Penso che ho solo una cosa da fare: sussurrare quel nome. Una volta, due, e alla terza due mani da dietro mi stringono, mi girano, mi ride e mi fa l'occhiolino.

Click!

La mia storia da palloncino finisce qui. Non scoppierò mai! E gli anni per quel volto non trascorreranno più. E... click! Proprio come una foto, la più bella mai scattata, come un foglio di carta mi sento cadere. All'inizio come una foglia, vado a destra e a sinistra ma capisco subito che la strada che devo percorrere la conosco. Adesso vorrei essere un aeroplano di carta o un foglio appallottolato per andare più veloce. Passo oltre le nuvole ed eccolo là quell'indice ancora puntato. Nessun altro mi vede, non so se sono una fototessera o un foglio A4, ma quando arrivo vicino a quel ditino la sua manina si apre, mi appoggio, la manina si chiude a pugnetto, la bambina chiama la signora, le sorride, le fa l'occhiolino e si accomoda serena sullo schienale del passeggino.

Possiamo tornare a casa. Si torna a casa."

"Incantevole! Ognuno di noi ha sognato con un palloncino e tutti abbiamo qualcuno a cui farlo arrivare", commenta Luca.

21.

Mi adeguo al momento fiabesco: "Dato che abbiamo toccato argomenti di empatia e commozione, vi confido e racconto che anche sul bus ho visto persone con occhi lucidi e quando incrociavo i loro sguardi avrei avuto voglia di risolvere tutti i problemi che li stavano assillando. Ne ricordo quattro.

Il problema più banale in realtà l'ho risolto: un giovane ragazzino, avrà avuto forse una decina d'anni, me lo sono ritrovato al capolinea in una maschera di pianto e disperazione, mi sono avvicinato e l'ho calmato con non poca fatica. Poverino, si era addormentato nel suo primo viaggio da scuola a casa e aveva saltato completamente la fermata ritrovandosi un po' sperduto ed affranto per aver tradito la fiducia concessagli dai genitori dopo averli convinti di concedergli l'autonomia. Me lo sono preso con me in cabina, abbiamo fatto (per fortuna!) il percorso inverso facendogli aprire le porte, cosa vietatissima ma sognata e desiderata da tantissimi bambini ed in questo caso utile a sdrammatizzare la situazione, cercando ovviamente di riconoscere la fermata seppur nell'altra direzione. Dopo una decina di minuti tutto è diventato più facile, perché in fermata c'era una donna alquanto in ansia che stava attendendo il figlio. Mi sono fermato, ho attirato la sua attenzione col clacson indicando il mio improvvisato aiutante. Ne è seguito un abbraccio strappalacrime con il giovanissimo che continuava a scusarsi con la madre, non capacitandosi proprio di come possa essere accaduto un disagio del genere. Ricordo che per salutarlo volevo battergli il cinque con la mano ma sbagliando volutamente mira ho colpito il palo centrale della porta, strappando ad entrambi un bellissimo sorriso. Una stretta di mano di sincero ringraziamento con l'altra mano appoggiata al cuore e via verso nuove avventure!

Sulla linea 40, cioè quella linea che in alcune corse arriva vicinissima al confine con la Slovenia nella zona boschiva di Prebenico e Caresana, mi è capitato di essere affiancato e fermato dalla Polizia. Erano impegnati in un'operazione di rintracciamento migranti irregolari e ne avevano già bloccati parecchi. Durante le prime corse del mattino io e i miei colleghi ne vediamo a decine perché sono facilmente riconoscibili dalla carnagione e dall'abbigliamento. A volte, però, capita che alcuni di loro riescano a presentarsi con abiti puliti e nuovi ed attendere l'autobus riuscendo a non dare troppo nell'occhio. In quell'occasione ricordo tre ragazzi di cui uno sicuramente minorenne, probabilmente fratello minore di uno degli altri due.

Quando il poliziotto in fretta e furia mi ha chiesto se secondo me c'era qualcuno a bordo di sospetto e da controllare io ho risposto 'non so, forse tre'. Era la pura verità senza sentirmi né paladino della giustizia né, viceversa, un piccolo passeur di migranti in cerca del loro sogno.

In fondo io sono pagato per guidare e non ho alcuna autorità per andare nelle tasche di un mio utente per accertarmi della sua identità o della regolarità dei suoi documenti di viaggio, biglietto o abbonamento che sia. Resta il fatto che ho incrociato lo sguardo del più giovane e la sua espressione ce l'ho ancora impressa nella mente. Mentre il poliziotto li ha fatti scendere quel giovane mi ha guardato: non era arrabbiato, non ho interpretato la sua espressione come un rimprovero del tipo 'potevi farti gli affari tuoi!', si era rattristato in malo modo e non è bastato l'abbraccio fraterno protettivo a rassicurarlo o almeno confortarlo. Non so cosa sia avvenuto successivamente, se abbia avuto diritto di asilo politico, se rischiasse il rimpatrio o la lunga attesa in un centro d'accoglienza, fatto sta che quel viaggio con quella mia apertura delle porte ha subito un'evoluzione probabilmente definitiva.

Non voglio fare discorsi politici sull'immigrazione, su possibili sistemazioni future, con o senza delinquenze e su quali siano le possibili soluzioni per modificare questa situazione, so solo che quegli occhi dicevano tutto e mi hanno fatto pena come non mai. Mi sono ritrovato impossibilitato a dire sia 'chissenefrega' sia 'buona fortuna', lo sguardo mi aveva semplicemente spiazzato e commosso a prescindere da tutto.

Il terzo episodio riguarda anch'esso un viaggio, attraverso confini lontani, ma i protagonisti sono due anziani triestini emigrati in Australia decine di anni fa e che fecero ritorno in città per la prima volta dopo tanti anni. All'inizio sembrarono divertiti per la viabilità modificata, rincuorandosi di aver scelto l'autobus e non un'autovettura a noleggio per rivisitare i luoghi natali. Giunti però in zone particolarmente care e avvicinatisi al posto guida per osservare tutto meglio, iniziarono a confidarmi del loro primo incontro in quella via o di quell'abitazione che fu dei genitori persi troppo presto ed una serie di descrizioni simili che portarono ad una commozione generale.

Il quarto aneddoto è di puro romanticismo. Avete presente quei lunghi abbracci all'aeroporto davanti alle porte degli arrivi o delle partenze? Quando mi capita di andare per aeroporti dedicherei qualche ora ad osservare quelle emozioni, quasi contagiose, di una famiglia che riabbraccia il figlio o il ricongiungersi di una coppia di innamorati. Anche alla stazione dei treni se ne vedono alcune di queste scene, ma ovviamente più la distanza è ridotta e meno è l'intensità di quel saluto.

Vien da sé che in autobus assistiamo a qualche bacio e abbraccio o poco più. Tranne una volta quando, guidando un autobus diretto alla stazione dei treni, vidi una giovanissima coppia in fermata che aveva allungato la mano. Lei aveva due valigie mentre lui aveva l'intera gamba ingessata e si reggeva a malapena in piedi con l'aiuto delle stampelle. Era chiara l'impossibilità di accompagnare la sua amata alla partenza del treno o chissà forse dell'aereo, quindi quel saluto intenso doveva svolgersi alla fermata del bus. Quando la ragazza è salita, dopo aver sistemato i bagagli, è ritornata sulla porta a salutarlo. Interrompere quel gesto romantico ora spettava a me, dovevo chiudere la porta per separarli, che brutto compito! Ho controllato nello specchio tutta la gente a bordo per accertarmi che non ci fosse qualche utente infastidito dal ritardo che stavamo accumulando ma nessuno, nemmeno l'immancabile brontolone disse nulla: tutti rimasero estasiati da quell'immagine d'amore. I ragazzi mi ringraziarono entrambi. E gli occhi lucidi non ce li avevano solo loro! Commovente e bello davvero!"

I miei tre compagni hanno decisamente condiviso con me queste emozioni perché appaiono visibilmente emozionati.

Rompo il silenzio dicendo:

"Vabbè, sdrammatizzo dai! Esiste anche un quinto aneddoto in cui sono io ad avere enormi lacrimoni!"

"Scusa, ma come puoi dire di sdrammatizzare se ci racconti qualcosa che ti ha fatto piangere?" mi interrompe e chiede Andrea.

"Capitò anni fa, a causa di ore di lavoro straordinario all'ora di pranzo fui impossibilitato a recarmi in mensa. Decisi di farmi preparare uno spettacolare panino di prosciutto cotto tagliato a mano in un'osteria al capolinea. Per ottimizzare i tempi usai anche la toilette e proprio mentre mi stavo recando al bagno l'oste mi chiese se gradissi anche senape e kren. Essendo un buongustaio e una buona forchetta risposi ovviamente di sì, ma non potei proprio accorgermi che di quel rafano piccante ne aveva grattugiato un bel po'. Pagai, presi il panino chiuso nella busta di carta per l'asporto e uscii perché stavano scadendo i minuti di sosta al capolinea. Quel profumo era invitante e poco prima di chiudere le porte ne addentai un bel pezzo. Il naso iniziò quasi a bruciare e se il barbaforte è noto per le sue proprietà balsamiche si sa che può irritare gli occhi causando abbondante lacrimazione. Il risultato fu che alla fermata successiva arrivai con gli occhi rossi e piangenti, tant'è che una signora mi chiese 'Giovinotto, tutto a posto? Posso aiutarla?'. In un misto di sofferenza e divertimento spiegai a quella gentile utente che non si trattava di un pianto disperato ma di una goduriosa degustazione decisamente un po' troppo saporita! Ridemmo insieme, ripresi conoscenza e potemmo ripartire"

La sdrammatizzazione ha l'effetto desiderato, riportando all'interno del bus serenità e sorrisi.

22

"Qualche giorno dopo si è rifatta viva...", attacca Luca, ma viene subito interrotto da Patrizia.

"Chi? La ragazza di prima, quella che si era sentita male? Pensavo che la storia fosse finita là!"

"Qualche pomeriggio dopo si è rifatta viva l'asmatica. Sì sì, lo so, ha un nome e un cognome, una personalità ed è una donna da rispettare ma è pur sempre quella che era a casa mia e si stava già concedendo nel mio letto. Ebbene: mi ha telefonato ieri pomeriggio, dico 'pronto' e dall'altra parte sento 'Hh hh hhhh hh hh'. Siccome mi era comparso il nome sul cellulare le ho detto 'ma sei di nuovo asmatica? Hai bisogno di aiuto?'

Dall'altra parte 'Hh hh hh eccomi sono in una zona dove non si prende...', 'Eh, anche casa mia è stata una zona dove non hai preso niente!'.

Lei ride 'Hai da fare stasera?', mi chiede e prosegue: 'Vorrei invitarti a cena a casa mia e proseguire da dove eravamo rimasti, non portare niente, porta solo...' lasciando in sospeso sul cosa dovessi portare. In due secondi un maiale penserebbe porta solo il tuo arnese (dai, non scandalizziamoci, nei film porno, mi dicono, mi dicono... succede proprio questo).

Dopo il secondo di pausa, forse interpretabile ed un risolino che non ho saputo interpretare nemmeno quello (che asino), se ne esce con 'porta solo il tuo sorriso', che è la frase più bella potesse dire, l'esatto contrario di muso lungo da che barba che noia.

Mi dà l'indirizzo, sul campanello interno 4.

A mani vuote comunque non ci voglio andare ed in un locale che fa asporti trovo una tortina quattro porzioni che fa al caso mio, triplo cioccolato a strati, sembra qualcosa di veramente godurioso.

Sono vestito bene, elegante ma non troppo: camicia bianca senza cravatta, dei pantaloni con taglio moderno un po' troppo stretti davanti, che obbligano le parti intime ad avere una posizione sollevata innaturale, ma che sul di dietro mi fanno proprio un bel culetto, a detta della mia amica. Ho esagerato volutamente col Jean Paul Gaultier, un normalissimo giubbotto causa freddo e sul palmo della mano la piccola scatoletta elegante contenente il dolce.

Giunto al portoncino sento già il click, come se qualcuno mi avesse visto anticipando la suonata al citofono, il cancelletto si apre, percorro i cinque metri del giardinetto, entro perché il portone è aperto anch'esso, salgo la prima rampa di scale e la porta d'ingresso è socchiusa.

Ne esce una luce, busso, busso ancora, metto un piede dentro e in quel secondo ripenso alla sua frase 'ricominciamo da dove eravamo rimasti...'. Eravamo rimasti che lei era nuda nel mio letto quindi perché non pensare che sia già in vestaglia e reggicalze! O anzi... proprio nuda! (porco!)

Ma ciò che mi colpisce subito è il forte odore di fumo, ma cazzarola, penso, già è asmatica e si mette a fumare così tanto in casa?

Una voce dall'altra stanza urla 'Prendo i soldi e arrivo!'.

Ma che cavolo? Mi ha preso per un gigolò con pagamento anticipato?

Ma a materializzarsi davanti me non è una mia coetanea seminuda ma una arzilla anziana con un portafoglio in mano e prima che potessi aprire bocca, lei mi anticipa: 'Ma che piccola pizza mi ha portato! Quant'è? E poi alla sua età si è ritrovato a fare il porta pizze, mi dispiace!', lasciandomi a bocca aperta. Avevo sbagliato interno! Ahahah!

Chiarito l'equivoco mi dirigo verso l'altra porta. La cena va benissimo, lei è sensuale anche in abiti normali, non indossa proprio la tuta da casa ma nemmeno un abito da sera, va benissimo così e tra i fornelli si destreggia con disinvoltura ed eleganza. Lo spaghetto risucchiato dalle labbra carnose ed un cin-cin con sguardo ammiccante mi fanno salire ulteriormente l'ormone. Ma proprio nel momento in cui ero pronto ad avvicinarmi... anche perché alle 21:40 me ne sarei dovuto andare in quanto eravamo in periodo di lockdown con coprifuoco alle 22, il suo campanello di casa suona, lei va ad aprire chiedendo: 'Chi è?'

Si gira verso di me e dice: la mia amica Pam!

In quel secondo penso che ho 3-4 minuti per realizzare, o fantasticare su quella visita dell'amica. Già 3-4 minuti, non i reali 20 secondi, perché anche Pam probabilmente verrà intercettata e andrà a far visita alla vecchietta con quella porta socchiusa in attesa ancora della pizza.

Che sarà venuta a fare questa Pam stasera qui? Dai, concedetemi un po' di suspense, ve lo racconto dopo!"

"Grande zio! Zio, ricordati di raccontare anche di quella volta che..."

Ma Andrea viene interrotto subito da Luca per replicare: "Potresti anche tu raccontare una delle tue! Sono sicuro che se ci racconti di quel tema di italiano ribalti tutti a terra dal ridere, io compreso per la sesta volta dopo aver ascoltato questa tua stramberia!"

"Dovevo scrivere un tema sull'amicizia, ma come spesso mi capita ho scritto qualcosa di particolare e non sempre, anzi quasi mai è stato apprezzato. È diviso in due parti e so per certo che dopo che vi avrò letto la prima mi guarderete con occhi sgranati, che diventeranno addirittura allucinati dopo la seconda parte! Curiosi eh! Me lo sono imparato quasi tutto a memoria, siete pronti?"

Patrizia ed io ci guardiamo senza avere la minima idea di cosa aspettarci, mentre Luca già sorride ed è in trepida attesa.

23.

"Marika viveva a Londra ormai da due anni ed iniziava a sentire la mancanza della sua amica di adolescenza. L'amica portava il nome della Bellucci e della Guerritore ma della sensualità collegata a quel nome non ne voleva proprio sapere tant'è che si fece suora. Si erano conosciute a 12 anni, l'età delle prime mestruazioni, semplicemente perché si ritrovarono vicine di casa in un condominio nella zona di Largo Barriera.

Le accomunava una passione per le unghie, una golosità per una radice tuberizzata, la difficoltà a defecare e il fatto che i padri, uno siciliano e l'altro marchigiano, erano arruolati e sempre in divisa.

Avevano giocato insieme in una squadra di pallavolo fino a tre anni prima, compensandosi a vicenda dato che una usava maggiormente la mano destra mentre l'altra era mancina.

La nostalgia per la sorella acquisita la portò a regalarle il biglietto aereo per farle visitare la sua nuova città.

Giunta all'aeroporto con la sua piccola utilitaria attese il tanto sospirato arrivo un po' più del previsto in quanto l'ecclesiastica ebbe un imprevisto in bagno, sia per un attacco di sete ma soprattutto perché una scopa lasciata lì vicino alla porta cadde impigliandosi nel suo abito sotto l'ascella. Causò uno strappo talmente evidente da immobilizzarla mostrando il suo braccio sinistro ancora muscoloso. Quasi impazzì e non pagò l'accesso al wc."

Andrea fa una pausa, anzi proprio non accenna a proseguire e ci guarda.

Luca ha un sorriso da ebete e ci osserva attendendo non so bene cosa.

"Ascolta, qualcuno te lo deve pur dire," dico. "Questo racconto fa veramente cagare! Ma immagino di avere gli occhi sgranati e sia finita solo la prima parte."

Andrea annuisce e sorride, fa un enorme respiro carica i polmoni d'aria e parte di getto: "Fu così che... l'amica Marika in Monarchia oltre Manica col padre da Marche di Matelica vide la monaca Monica amica da menarca col patriarca di Modica. Nella minicar, ahahahah!"

Andrea scoppia a ridere ed ha la lingua quasi attorcigliata, la sua risata è a dir poco contagiosa e vorrebbe anche proseguire questa sua cantilena ma osservando Patrizia scioccata e con le lacrime agli occhi non riesce proprio a ritrovare il fiato necessario.

"Aspetta un attimo!", dico, e corro in cabina guida. Quando usciamo dal deposito alla mattina presto, il primo autista preleva insieme ai documenti accompagnatori della vettura anche un po' di carta assorbente per eventuali pulizie o imprevisti durante tutto il servizio, ma mai mi era capitato di usare quella carta per asciugare lacrime di una gentilissima signora.

"Ecco, ora riprendi fiato e riparti, vai Andrea! Troppo forte!"

Ricarica i polmoni e: "Fu così che... l'amica Marika in Monarchia oltre Manica col padre da Marche di Matelica vide la monaca Monica amica da menarca col patriarca di Modica. Nella minicar di Marika la monaca Monica con mimica mostrò la mancina manica monca per un manico. Pudica per manica mancante di monacale tonaca o tunica quando per bere una tanica mostrò la mancina ancor tonica. Rimasta lì statica oltre che stitica, come l'amica Marika, diventò matta come maniaca macaca non mollò monetaria mancia. Marika rise con la mitica amica monaca Monica ricordando la maniacale manicure masticando manioca in Maiolica via. L'abito non fa il monaco e Marika e Monica sono amiche oltre la tonaca!"

Finisce senza fiato, esausto ma soddisfatto. Si avvera anche la sua seconda previsione: da sgranati i nostri occhi diventano allucinati, testimoniando che ci ha davvero tanto divertiti e sorpresi.

24.

"Mamma mia, guardate quanta neve scende ora!", esclama Patrizia invitandoci ad attaccarci ai vetri semi appannati come dei bambini felici e sorpresi, "Chissà quanto tempo dovremo rimanere qui! Aspettate, ho un pacco di biscotti da poter dividere. E Davide, se l'azienda avrà da ridire sul fatto che si mangia a bordo potete dire che la colpa è esclusivamente mia!", e senza indugio lo apre offrendoci quelle golosità.

"Ricordo che ero appena stato assunto e ci fu una nevicata intensa, per qualche ora si fermò tutto, tranne il tram! Venni a sapere che in assenza dei cellulari il controllore andava a chiamare casa per casa alcuni tranvieri nelle vicinanze del capolinea per farlo viaggiare continuamente anche di notte mantenendo i binari percorribili. Nessun meteo avverso poteva fermarlo! E nemmeno certi guasti: uno dei tranvieri storici mi raccontò che una volta, giunto in città a fine percorso, ebbe un guasto sui comandi, quelli necessari per manovrarlo nell'altra direzione, e piuttosto che tenerlo fermo si fece il percorso in retromarcia! Comandandolo dall'altra parte! Fantastico!"

Patrizia poi continua: "Certo che se qui nevica in questa maniera chissà cosa ci sarà sull'altipiano o a Cattinara".

Una rapida occhiata ai social in effetti ci dà la conferma che l'ospedale lassù è circondato di bianco ovunque.

"Qualche settimana fa avevo una linea con capolinea proprio là. Mi avanzavano sette minuti prima della ripartenza e dato che avevo la nonna ricoverata ho voluto farle una sorpresa calcolando due minuti per salire in reparto, tre per salutarla così all'improvviso per farla felice, e altri due per scendere al capolinea.

All'ospedale di Cattinara, come in tutti gli ospedali più grandi, nella sala dove ci sono quattro ascensori e due monta lettighe ci sono i pulsanti per prenotare la salita e altri per la discesa, quando pigi uno, indifferentemente se salita o discesa, si accende la luce rossa intorno alla freccia del tasto anche della colonnina degli ascensori vicini.

Anche quella volta, come ogni volta, trovo qualcuno che deve salire e non solo pigia le due frecce in su di entrambe le colonnine ma anche quelle in giù commentando ad alta voce 'così arriva prima' e se entro ventidue secondi e mezzo un ascensore non arriva pigia nuovamente non uno, non due, ma tutti e quattro. Io penso che siamo un po' tutti rimbambiti, io per primo che dopo i cinquant'anni noto cose per cui non avevo assolutamente interesse fino a qualche anno fa.

Finalmente saliamo in tre in un ascensore. Un'infermiera che sta accompagnando questa vecchietta le chiede: 'In che piano abita in via Donadoni?', 'Secondo, piccola mia, ma arrivo a fare ancora gli scalini'.

Proprio in quel momento l'ascensore si ferma al quinto e la voce femminile registrata dice 'quinto piano!'

La vecchietta quasi irritata dice all'infermiera squadrandola: 'Ti ho detto che abito al secondo, non al quinto! E poi la sorda sarei io?!?'

Sale su il quarto utente e pigia i pulsanti verso giù anche se stiamo salendo! Perché? (Ma intanto è entrato in uno quindi a lui va già bene). E poi noto che tutti corriamo! Ma dove cazzarola stiamo correndo sempre tutti? Cioè capisco io che ho i minuti contati, ma l'autobus sicuramente non lo perdo dato che senza di me non parte! Ahahah.. Che siano tutti un po' troppo impazienti? Sfiduciati dalla tecnologia non solo di un ascensore, che vi assicuro arriva anche con un pulsante solo, ma nel dubbio andiamo anche là dei monta lettighe, non uno non due ma ovviamente tutti i quattro tasti vanno pigiati così forse troveremo un lettino libero per fermarci sedici secondi e trequarti. Nooooo ci vuole la chiave per il monta lettighe! Che peccato!"

"Aspettate!", esclama Luca. "Andrea, ti ricordi quel tema che avevi fatto dopo la visita all'Enpa? Gattinara lo avevi chiamato quell'ospedale. Mi sembra che non hai preso la sufficienza nemmeno quella volta!"

"Sembrava un racconto per bambini ma i contenuti erano ben altri! La prof non colse!", risponde Andrea. "Faceva così:

A Gattinara, l'ospedale per animali gestito interamente da animali, il dottore Lino Scoiatto, assunto qualche giorno fa, sta passando le consegne dopo un movimentato turno di notte al primario Dottor Fufo il gufo. Fufo non solo è il primario ma anche marito della proprietaria di questa struttura, la Madama Gazza Ladra, appena assolta dal Giudice Colombo da un'accusa di truffa al Monte dei Pascoli solo perché ha usato i fondi per il bene degli altri animali.

In chirurgia abbiamo ricoverato Ciccio Riccio con ferite, graffi e buchi sull'addome.

'Ma cosa è successo?'

'Dottore io amo pazzamente la mia Ciccia Riccia e quando lei cammina davanti a me sculettando le salto sopra, d'istinto! Dimenticandomi e sopportando le punture!'

'Sua moglie è la Riccia qui fuori bella ma leggermente in sovrappeso? Perché vorrei visitarla che ho un sospetto... Prego si accomodi'

Dopo la visita:

'I miei sospetti erano fondati: devo darvi due notizie. La prima: è incinta!'

Ciccia squadra in malo modo Ciccio e gli urla: 'Scemo! Ti ho detto io che avresti bucato i preservativi con quelle posizioni!'

'Ma fa niente amore mio, pensa che bello!'

'Non vorrei interrompervi ma devo darvi la seconda notizia: il piccolo riccio è podalico!'

'Due volte scemo!'

'Scusatemi, non capisco, potete spiegare?'

'Tre volte scemo! Non capisci che mi aspetta un parto traumatico?! Come fa ad uscire un riccetto con i piedi e tutti quegli aculei rivolti dalla parte sbagliata!!!'

'Facciamo così, tornate domani che devo medicare tutti questi buchi e tagli, proveremo a farlo girare, nel frattempo potete usare un trattamento tradizionale cinese di agopuntura al piede, e chi meglio di voi! Praticamente deve camminare scalza su suo marito! Fastidioso ma potrebbe essere utile.'

Al centro ustionati abbiamo Dario Lampa, una lucciola con tutto l'addome bruciato: ieri sera voleva accoppiarsi, da lontano ha visto questa che lo richiamava con colori sgargianti, giallo, rosso, arancione! Si è fiondato da lei... ma era una sigaretta accesa.

Nella stanza successiva è ricoverata Carrie la millepiedi: 'Dottore ho avuto molte perdite!'

I due dottori si guardano, il giovane spera sia il collega più esperto a suggerirgli sotto a quale paia di gambe guardare! Pensa di metterla sulla cavalchina e dirle apra le gambe apra le gambe apra le gambe.

Per fortuna Carrie li anticipa e dice loro: 'Ho sperperato tutti i risparmi! Sono andata da Brucarello, il negozio di scarpe appena aperto, e ho comprato dodici paia di scarpe, moltiplicato per tutti i piedi potete capire! Poi siccome certe scarpe erano aperte ho voluto fare la pedicure... a tutti i piedi ovviamente!'

'Forse può restituire qualche centinaia di scarpe non ancora usate e rientrare un po' della spesa, ma sicuramente noi le prescriveremo delle sedute con la nostra formica, la Dottoressa Spara Gnina'.

Per pura coincidenza sono ben due i tassi ricoverati. Il primo soffre un po' di depressione, aveva capito che stavano arrivando delle belle tasse ma alla vista delle buste con la Tari e l'Imu si è sentito male. L'altro invece, Torquato, ha fatto indigestione di fichi, alcuni già molto più che maturi, con il risultato che gli si sono fermentati tutti nello stomaco causandogli una ubriachezza tremenda. Un chiaro caso di tasso alcoolico insomma!

È depresso pure il daino convinto che a mettergli le corna sia stata la moglie!

In oculistica c'è la signora Magoo, la talpa, non c'è verso di farle cambiare idea! Vuole essere operata agli occhi dato che dice di aver visto un bel talpone superdotato al fiume ma per tutti si trattava di una nutria e quella roba lunga in mezzo alle gambe era la sua coda e non il pirillo!

Nell'ultima stanza c'è un criceto malmesso per una rissa in casa coi suoi famigliari. In vista dell'inverno ha riempito la tana con centinaia di cardi convinto di aver seguito il saggio consiglio del... Meglio cardi che mais!"

"Complimenti! Che fantasia!", intervengo.

"Come si fa a non apprezzare una genialità di questo livello!", esclama Luca.

"Ah guarda Andrea," continuai, "penso di aver fatto un percorso simile al tuo: ero un ragazzo assolutamente normale, con i brufoli e tanta voglia di scoprire il mondo. Ma a quella età la conoscenza e la cultura devono essere alimentate dalle persone che incontri nella vita, dalla famiglia e tanto dagli insegnanti, appunto.

Ricordo che mi innamorai dell'inglese perché l'insegnante me lo fece imparare con le canzoni! Bellissimo! Al test di fine anno riuscii a portare addirittura *Redemption song* di Bob Marley, con quell'inglese giamaicanizzato pieno di errori che seppi già correggere. Imparai inoltre che tanti ritornelli diventati virali, in realtà di significato ne avevano ben poco: un mio compagno, ad esempio portò *Dance into the groove* di Madonna con un numero esagerato di *'entra nel solco del disco e balla con me'*, ma vuoi mettere con quella poesia di Bob? O la compagna del primo banco, innamorata persa di Simon Le Bon, che si ritrovò a scrivere *'Ragazzi selvaggi, wild boys, ragazzi selvaggi ragazzi selvaggi'* in una quantità tale da doversi quasi vergognare per la violenza e la pochezza del testo scelto, non della musica eh, ben inteso, che in quel periodo trascinò chiunque o quasi.

Non mi appassionai affatto, invece, del tedesco: lingua dura e altrettanto dura era l'espressione di quell'insegnante già avanti con gli anni e con gli stessi metodi di studio con cui avrà cominciato ad insegnare. Mi sembrò da subito una lingua predisposta quasi esclusivamente ad impartire comandi. Pregai di non dover mai rinascere nelle vite future in Germania, uno perché non conosco il tedesco e due perché non mi basterà l'eternità per impararlo decentemente, soprattutto con quel brutto vizio di mettere il verbo alla fine, così da stravolgere completamente l'idea che ti eri fatto mentre ascoltavi chi ti diceva qualcosa. Pensate ad esempio che 'mi spoglio' si dice 'ich ziehe mich aus' mentre mi vesto si dice 'ich ziehe mich an'! Supponiamo una serata romantica che giunge al termine e tu senti ich (sìììi ziehe (sììììì dai che ci siamo) mich (la mano è sul bottone dei jeans pronta all'apertura) ma realizzi che tutto può cambiare con due lettere diverse alla fine!

Secondo me sti tedeschi sono sì rispettosi delle regole ma sono anche obbligati a farti finire un discorso senza interromperti, come farebbe un italiano, semplicemente perché altrimenti non capiscono un casso di ciò che stai dicendo!

Realizzai, però, che in campeggio in Istria avrei conosciuto molte coetanee tedesche o austriache facendo una figura migliore sfoggiando qualche conoscenza in più. Provai a prestare particolare attenzione ad alcune illustrazioni antiche e basiche con la ricerca dell'aggettivo adatto al soggetto, ma fraintesi la figura rappresentante un cane con il collarino ma senza guinzaglio e per me *der hund ist troi* scritto *treu* significò per mesi il cane è libero anziché il cane è fedele.

Ora immaginatevi quanti casini combinai l'estate successiva quando ogni qualvolta volli rompere il ghiaccio con una tedesca le chiedevo *'bist du troi?'*, che già a chiedere ad una gentil donzella se è *troi* non suona proprio benissimo, ma ancor peggio quando sei convinto di averle chiesto se è libera ma lei alla sorprendente domanda se è fedele risponde di sì. Le vedevo tutte un po' sorprese, d'altronde come può rimanerci una donna se alla prima domanda uno ti chiede se sei fedele, può pensare o che abbia un'aria da puttanone tale da doverlo specificare subito o che io sia alla ricerca già a sedici anni della donna della mia vita e che sia quella la principale caratteristica da dover conoscere. Wow pensai ad ogni sì, è libera, potevo approfondire la conoscenza con disinvoltura salvo poi vedermi catapultare addosso il fidanzato alquanto alterato.

Quell'estate diedi vita a sei accenni di rissa inconsapevolmente! Ahahahah! Io che non ho nemici al mondo mi mettevo nei casini quasi ad ogni approccio. Il colmo fu quando una mi rispose di no, chissà forse era già propensa ad un rapporto fugace non essendo fedele! Insomma all'unica che ci stava dissi ok pazienza che non sei libera e me ne andai!

La mia prima vera fidanzata fu sì tedesca ma la conobbi tramite la lingua inglese mentre, poverina, creai un casino per colpa della lingua germanica. L'ultima serata in sua compagnia ci appartammo in un angolo romantico di una bellissima spiaggia del campeggio. Facemmo l'amore tutta la notte. Andrea non ridere perché a quell'età avevo due arti flessibili e uno rigido mentre adesso è il contrario, con due arti rigidi e uno flessibile!

All'indomani mattina lei sarebbe partita quindi trascorremmo l'intera notte avvinghiati ma ad un certo punto lei si tolse un anellino che aveva al dito ed esclamò *ich werfe diesen Ring ins Meer, damit ich sicher bin, an diesen schonen Ort zuruckzukehren* e lo lanciò in mare.

Non capii nulla, né del significato di quella frase, tant'è che risposi *jawohl sì signora*, né della sua espressione, data la penombra, e per colpa della durezza di quella lingua interpretai si trattasse di un gesto rabbioso dato che era in procinto di partire.

Immediatamente dopo lei mi baciò ma io con un occhio aperto controllai quei cerchi formati nell'acqua memorizzando bene il luogo della caduta sul fondo. All'alba la accompagnai alla roulotte già agganciata all'automobile pronta alla partenza e dopo un saluto commovente e strappa lacrime corsi a prendere tubo, maschera e pinne per ritrovare quell'anello lanciato in un momento di grande sconforto. Ci impiegai un'ora e mezza, uscii infreddolito e con la pelle raggrinzita somigliando quasi a Gollum, il personaggio de Il Signore degli Anelli, riuscendo però a trovare il mio tesoro.

Instaurai con lei un rapporto epistolare, dato che non c'erano ancora i cellulari. Ci informammo anche sui costi dei treni per passare le festività dei primi di novembre da me e il Natale da lei, insomma eravamo proprio innamorati persi.

La scelta per farle riavere quell'anello con un gesto di grande impatto e sorpresa ricadde sul giorno del suo compleanno ad ottobre. Le scrissi una lettera romantica allegando il piccolo gioiello e attesi.

Già, l'attesa!

Era bellissimo aspettare la lettera della propria amata, mica come oggi con l'immediatezza dei social! In realtà provammo anche a telefonarci ogni tanto ma la difficoltà di comprensione nel parlato rendeva meno delle parole scritte anche se, in effetti, potevamo sentire le nostre voci. Finalmente la lettera arrivò. Capii da subito che c'era qualcosa che non andava: in quelle precedenti inseriva termini in tedesco affinché potessi impararli, stavolta era tutta in inglese in modo da aver chiaro fin da subito cosa avevo combinato. Eh già, perché quella frase urlata al mare con il lancio dell'anello voleva dire 'lo lancio in mare così sono sicura di ritornare in questo posto' come un gesto scaramantico. Ed io invece cosa avevo fatto? Glielo avevo restituito. Non vuoi che torni? Era scritto bello in grosso! Cercai di riparare nelle lettere successive ma il rapporto si deteriorò. Passò anche un periodo non felicissimo in famiglia come se le avessi lanciato chissà quale sfiga e l'estate successiva non ritornò veramente!"

Patrizia, Luca ed Andrea a quest'ultima frase scoppiano a ridere. Una risata mista a compassione.

Continuo: "Pensate, per colpa di una frase a quest'ora potevo tifare Bayern, essere un Busfahrer con un Mercedes di dodici metri per le vie di Monaco al doppio della paga!"

Le risate sono proprio di gusto stavolta, ma sono io a storcere un po' il naso, pensando alla reale differenza di stipendio.

"A scuola mi innamorai anche della matematica perché mi fecero capire da subito l'utilità in ogni contesto della vita di quelle proporzioni e percentuali.

Per l'italiano, invece, niente da fare, la prof mi stroncava sempre esclamando, ad esempio, 'perché guardi questa situazione da altre prospettive? Ti avevo assegnato un compito diverso e molto facile anche!'. Voti bassi quasi sempre e alla fine un 6 striminzito per promuovermi dato che andavo bene in tutto il resto. Un po' la stessa situazione tua Andrea.

Ricordo che dopo la scuola usavamo tutti la bicicletta, tanti pedalavano veloci, altri impennavano e sgommavano, io no, io andavo lentamente e sempre con cautela, avevo una molletta sul manubrio e una volta arrivato davanti alla salumeria facevo finta di aprire le porte dell'autobus con quella finta leva come nei bus verdi di una volta, poi la ruotavo nella parte inversa per ripartire in direzione della prossima fermata dal giornalaio.

Gli anni passarono ma non mi sono mai dimenticato queste passioni: potevo comunicare col mondo grazie a quell'inglese perfetto, in tanti mi hanno chiesto un aiuto per risolvere qualche problemino matematico e appena possibile mi sono fatto la patente D per poi vincere il concorso ed essere assunto nel trasporto pubblico cittadino. Mi viene spontaneo ripensare a quella prof che mi ripeteva non farai strada nella vita, quando invece ora ne faccio di chilometri! Vabbè ripeteva anche non ti farai largo nella vita, eppure peso cento chili, ma come riscossa conta poco! Al capolinea, prima di partire, mi ricordo di quei temi d'italiano ed inizio a buttare giù pensieri e racconti di ogni tipo. Li ho fatti leggere e ho scoperto che la mia scrittura piace a tanti, mi spronano a continuare dichiarando che quei racconti il lettore riesce proprio a viverli e ad emozionarsi. Quindi caro Andrea, alla luce di qualche libro pubblicato, ho esperienza sufficiente per dirti di credere sempre nei tuoi sogni. Qualsiasi cosa fai falla bene! Se diventerai cuoco non fare solo da mangiare ma godi anche degli occhi di chi sta portando alla bocca la forchetta col tuo cibo e farà l'amore con il sapore come dice una pubblicità. Se diventerai insegnante godi di quegli occhi che ti guardano in attesa di una tua bella spiegazione. Se sarai una guida turistica, e te lo dico guardando fuori dal finestrino, fai innamorare ogni tedesco o spagnolo che arriva nella nostra meravigliosa città! E così per gli autisti, per le commesse, per i salumieri, per te Andrea che sei giovanissimo e so che quella prof la manderesti a quel paese, mi auguro che ognuno riesca a godere della vita ogni giorno, di emozionarsi e far emozionare gli altri. Le emozioni sono dentro ciascuno di noi, basta solo accenderle".

"Verissimo", conferma Patrizia.

"A proposito di emozioni, ero al Maurizio Costanzo Show! Con tanto di posto riservato col mio nome, un cartello che custodirò per sempre con cura!", continuo.

"E come ci sei finito al Costanzo show?", chiede Luca.

"In giornata avanti indietro, una sfaticata, ma ne è valsa la pena, eccome se ne è valsa la pena!", rispondo.

25.

"Vi racconto tutto, un po' lunga ma fa sorridere anche questa avventura! Sono nato nel 1970, all'ospedale Maggiore e pesavo 3 chili e mezzo... no dai non andiamo troppo indietro nel tempo! Ascolto la radio, ma tanto eh, durante tutto il giorno e le stesse battute che faccio con gli amici nella quotidianità le faccio anche in radio scrivendo qualche messaggino. Tanti speaker della radio si divertono a leggere in diretta il messaggio o ad ascoltare il mio vocale di Whatsapp con la battuta o la barzelletta inerente l'argomento trattato in quel momento. Sono uno che si affeziona anche a un'ape che mi entra in casa, figurarsi quanto mi fa piacere instaurare un rapporto di amicizia con il o la DJ.

Questo ho fatto con Carlotta Quadri negli ultimi 14 anni. A lei capitò la fortuna (degna conseguenza della sua bravura) di lavorare con Costanzo e io non cambio le battute che scrivo anche se a leggerle sarà questa figura sacra della comunicazione italiana.

E cosa succede? Mi prende in simpatia!

Mi fa i complimenti per l'originalità e ve lo dico, non perché le ho scritte, ma certe battute mi erano uscite veramente bene, tanto che anche Raffaele Morelli, il famoso psicologo, dice: 'Cazzo, Maurizio ma che ascoltatori hai?'

Capirete che Carlotta mi appoggia, mi sprona, anche perché (senza nascondersi!) fa anche comodo all'ascolto radiofonico avere qualche mona/cretino e non le solite richieste ripetitive tipo 'per favore mi fate gli auguri in diretta?'

Chi mi segue sui vari canali sa che ho preso sempre più coraggio nell'espormi senza vergogna, a pubblicare libri 'Una delle tante voci', 'Spogliamoci, si ricomincia', 'La smonta la prossima? Una vita in corriera' e aprire canali Youtube come 'Davidina' con fini benefici, 'Ignudi brutti e crudi', la parodia di Nudi e crudi, il format in onda su Dmax, dove un uomo e una donna devono sopravvivere 21 giorni nudi... e di questo posso parlarne in radio in più interviste.

Capite: una goduria! E... una pubblicità incredibile.

Contemporaneamente mia figlia vince gare di nuoto, ne parliamo in radio nella commovente puntata di 'La storia siamo noi' a cura di Lidia Tagnesi su Radio101 e Alfonso Signorini la fa salutare durante la diretta del Grande Fratello da Manuel Bortuzzo, il suo mito.

Ne consegue che mi viene riservato un posto al Maurizio Costanzo Show in cui, parliamoci chiaro, non so comportarmi, tant'è che quando vedo la gente in fila davanti agli Studios mi accodo.

Arriva la signorina con la lista e non mi trovano! Oh casso, penso, si saranno dimenticati di me? Lo dubito fortemente, sia per la fiducia che ho in loro sia perché parliamo di professionisti ai massimi livelli.

La signorina prende l'altro foglio e: 'Oh ma sei tra gli invitati! Scusami, prego accomodati, non è questa la fila, se ha lasciato l'automobile fuori c'è un posto auto per te!'. Un'altra entrata dove vedo qualche vip (vero!) tipo Chiambretti, Stefania Orlando, Fabio Caressa e altri.

Entro in teatro quando il pubblico è già tutto sistemato. Una sedia ha il mio nome e, vi giuro, fa veramente impressione. Vedo due spettatrici allungare la testa per leggere di nascosto e capire chi potessi essere. Sento bisbigliare 'C'è scritto Destradi' riporta una all'altra. E le due vicine di posto lo riportano alle file dietro sussurrando 'Destradi Davide' più volte. Dandosi un colpetto col gomito si passano parola fino ad un classico romanaccio che esclama 'E chi cazzo è Davide Destradi?' Ahahahah!

Vicino a me le bellissime e identiche sorelle Maurizia e Costanza, sì sì avete capito bene non due nomi a caso. Mi raccontano, infatti, che sono state invitate in quanto nel 1985 la loro madre si sottopose ad un'ecografia della sua gravidanza gemellare proprio durante il programma. Che dire se non che Costanzo era già avanti più di 37 anni fa!

Oggi ti arrivano immagini e video di ogni tipo ma per l'epoca fu una innovazione e lui un precursore! La mamma in onore di quell'evento chiamò proprio Maurizia e Costanza le figlie (fossero stati maschi sarebbero stati proprio Maurizio e Costanzo), incredibile davvero!

Il conduttore era a dir poco imbarazzato per cotanto riconoscimento, mentre le sorelle hanno dichiarato che solo per un periodo durante l'infanzia si son chieste il perché di quei nomi inusuali, ma che una volta scoperto il motivo ne sono state molto orgogliose.

Arriva anche il momento commovente con l'abbraccio a Carlotta Quadri entrata stabilmente nella redazione del programma e Maurizio che mi regala delle tartarughine portafortuna (ha una collezione di 5000 tartarughe tra ceramica, plastica e vetro alle quali aggiunge quella che gli ho portato io!).

Tutto bello! Tanto! A far el mona dove casso son finido!

L'aereo delle 23 deve riportarmi a Trieste e coi piedi ben saldi per terra perché domani mattina presto bisogna andare a guidare il bus e raccogliere altri aneddoti per altri racconti senza pormi limiti o traguardi, quello che arriverà arriverà e sono sicuro che lo commenterò con altre sane cretinate come ho sempre fatto in vita mia".

26.

"Direi che ho parlato abbastanza", dico guardando Luca, "penso sia giunto il momento di svelarci la continuazione!

"Dove eravamo rimasti? La cena a casa dell'asmatica sta andando alla grande. Fosse un film o se me la 'giocassi' a casa mia in sottofondo partirebbe *'This is what you are'* di Mario Biondi. Ma siamo a casa sua, seduti uno difronte all'altra, la TV è spenta grazie al cielo altrimenti il Covid tormenterebbe anche questa intimità, dopo averci fracassato gli zebedei in ogni attività quotidiana, i cellulari educatamente appoggiati sull'altro tavolino un po' più distante, nessuna canzone: evidentemente lei è sufficientemente presa da non necessitare di altri input. Involontariamente (?) lei allunga la gamba e le nostre ginocchia si battono leggermente. 'Oh scusa, ti ho colpito il ginocchio!', esclama lei. Con voce bassa, il collo vagamente allungato e la testa oscillante le ribatto: 'Quello non era il ginocchio!'. Lei mi squadra alzando le sopracciglia e scoppia a ridere proprio quando stava sorseggiando il vinello.

A momenti soffoca! Eh no eh! Dopo l'attacco d'asma non andremo mica in bianco per soffocamenti, rigurgiti ed ingoi dimezzati? (Maiale chi pensa male!). Per fortuna ritorna in sé, sana e salva e tanto divertita.

Colgo la palla al balzo (come disse il veterinario australiano in procinto di castrare un canguro): 'Lo sai vero che ti aspettano i due minuti più intensi della tua vita? Due minuti doccia compresa ovvio!'. Ridiamo. Lei è a suo agio, io sono carico anche perché ci eravamo già visti nudi, i preliminari erano già iniziati, bastava ripartire. Aggiungo: 'Due minuti mi capitava a 17 anni, ma avevo il vantaggio che con uno schiocco di dita potevo fare la seconda e la terza con capriole comprese!'. Ride di gusto. Siamo carichi, adrenalina alta, feeling completo. In carrozza, si parte! Mi avvicino. Ecco, era qui che eravamo rimasti dal racconto precedente."

"Cioè, centinaia di parole e siamo al punto di partenza?!? Potresti proseguire e dirci come va a finire o no?"

"Driiiin il campanello. Chi sarà mai?"

"Ma se nel racconto precedente arriva Pamela, chi vuoi che sia? Ahahahah" Ridiamo tutti di gusto.

"In effetti lei va al citofono per poi allungare la testa verso di me per dirmi 'La mia amica Pam', con una espressione che non so decifrare."

"Luca caro non capirai mai le donne fino in fondo, rassegnati", dico io.

"È sorpresa o finta sorpresa per qualcosa di premeditato? L'amica arriva alla porta d'ingresso senza essere intercettata dalla vecchia affamata. Chissà se avrà mangiato? Ma sei deficiente? Potresti iniziare una roba a tre e pensi all'alimentazione dell'anziana? Eh ma l'ultima roba a tre che ho fatto è stata una gara di tiro a canestro con due miei amici, permettimi lo sbandamento.

La porta d'ingresso, dal soggiorno, non la vedo, ma sento Pamela con una voce bella e leggermente affannata (eh no eh, mancanze respiratorie abbiamo già dato grazie!) dice: 'Aspetta! Togliamoci tutto subito!'.

Oh cazzo! Mi si raddrizza tutto. Mi sembra che i capelli stiano dritti come dopo una scossa da 220 volt, le orecchie dritte anch'esse ad ascoltare le frasi e l'evolversi, e nei pantaloni Willy cerca spazio ma i pantaloni modello power-pack fanno resistenza. Ma allora sta succedendo davvero! Si stanno spogliando? Mi guardo in giro, vedo i due flute del brindisi iniziale e vorrei trovare il terzo per darle subito il ben arrivata, ma non vedo bicchieri nell'unica vetrina a vista e non vorrei mi trovasse a rovistare nei suoi armadi e credenze. Vado lì o rimango qua, che dice il galateo in caso di presentazione per incontro a tre ma in casa d'altri? Rimango in salotto e attendo. Dovrei spogliarmi anch'io e le lascio fare?"

E quello scemo di Luca si zittisce nuovamente sogghignando.

"Ma si può sapere se si tromba o no?", urlo, scusandomi subito dopo con Patrizia per i termini, ma ci intendiamo con la ridicola protesta. Luca, anche con un gesto delle mani, mi passa la palla invitandomi a raccontare qualche altro aneddoto non prima che Patrizia commenti: "Penso proprio che tu con le donne ci sappia proprio fare, anche adesso sei un simpaticissimo stronzo, scusami ma è la verità, e sai tenere l'attenzione e attirare la curiosità di chi ti ascolta!"

Lui reagisce battendomi il cinque orgoglioso di ciò che ha appena sentito.

27.

"A proposito del mio libro sugli autobus, vi racconto che un giorno mi contatta un over-ottanta. Lo chiamiamo Guido, nome di fantasia, ma siccome è appassionato di trasporti mi sembra il nome giusto. Molto moderno per l'età perché ha usato messenger e scriveva sempre più veloce di me.

Eh sì perché quando ti scambi dei messaggi con qualche over compare la scritta 'sta scrivendo' e ancora 'sta scrivendo' da aspettarsi un romanzo e invece ricevi a malapena un 'Ciao, co me va'. Staccato e senza punto di domanda perché già così rappresenta una moderna diavoleria.

Invece il suo messaggio è chiaro: 'Buongiorno signor Davide, avrei tanto piacere di leggere il suo libro, sono un appassionato (blablabla e tante belle parole e complimenti) ma ho il problema che per un po' né io né mia moglie possiamo uscire'.

Vi dico la verità, che tanto entusiasmo per qualcosa creato da me mi ha spinto immediatamente a rispondergli: 'Le porto io uno dei miei!'

Non per il guadagno ma per l'enorme piacere e soddisfazione. 'Vengo in scooter che sono già in giro, mi dia l'indirizzo e arrivo'. In pochi secondi mi scrive l'indirizzo dicendomi che si tratta di una casa bifamiliare sotto un grande albero e che là troverò la moglie.

Arrivo, e in effetti vedo una simpatica nonnina. Scendo dallo scooter e le dico 'Buongiorno!'. Lei: 'Buongiorno! Oh che bello andare in lambretta!'. Veramente sarebbe un Yamaha x-city ma se mia mamma mi domanda se vado in *motorino* anche se avessi una Suzuki 600 annuirei quindi va benissimo *lambretta* che fa tanta nostalgia.

Parliamo di come viaggiava lei con tutte due le gambe dalla stessa parte e non come adesso con tutte queste gambe aperte! Parliamo di questa mascherina che ci dà fastidio e di quanto sia bello questo albero. Dopo dieci minuti di chiacchiere mi domanda 'Ma lei... chi è?'

Oh cazzarola penso, proprio ieri avevo letto un articolo sull'Alzheimer e le dimenticanze e adesso? Tiro fuori il libro e lo metto in vista. Niente.

Non sembra sufficiente come stimolo. La guardo con una faccia da cretino, cioè intendo più di quella che ho usualmente, mentre lei è serena e non capisce perché non le rispondo. E se adesso le dico del signor Guido? Si ricorderà di essere sposata o mi dirà che possiamo andar via in lambretta? Provo: 'Devo dare questo al signor Guido'. Lei: 'Ah Guido abita in quell'altra casa!'. Ahahahahah! Ho chiacchierato un quarto d'ora con la nonnina sbagliata!

Busso all'altra porta, consegno il libro alla vecchietta giusta, un saluto e vado via. Quando salgo sulla mia *lambretta* saluto la nonnina sbagliata e rido come un mona. 'Torni quando vuole che è molto simpatico sa!'

Subito dopo devo portare 50 arrosticini abruzzesi ad un'amica. Eh sì, dato che iniziamo ad avere colleghi provenienti da tutte le regioni sfruttiamo il loro viaggio di rientro per assaporare prelibatezze da ogni dove.

A casa di questa amica ero un'unica volta tanti anni fa ma le ho detto che me lo ricordo benissimo. Quando arrivo in zona mi accorgo che le casette sono tutte uguali ma in primo piano (il piano me lo ricordavo) vedo le braccia di una signora che tira le tende. Perfetto, penso, l'ora è anche giusta quindi Bip Biiiiip suono forte il clacson urlando 'Eccomi qua, non chiudere, torna fuori che sono arrivato!'... 'Come scusi?'

Cazzarola si affaccia una che non assomiglia neanche un poco alla mia amica! Non arrivo nemmeno a spiegarle bene l'errore che mi prende una ridarola che non vi dico. Ho dovuto prendere il cellulare e farmi un video per poter ridere di gusto senza ritegno e condividere le risate anche nel giorno degli errori!

Ci sono invece due aneddoti che un po' mi vergogno a raccontare: secondo il mio editore sono il miglior venditore e addetto alle pubbliche relazioni che lui conosca ma in questi due casi ho superato l'immaginabile. Ehm, praticamente ho venduto il libro a una non vedente!"

"Ma Dai! Non ti credo!", dice Patrizia.

"So che suona malissimo, ma è una signora che usa sempre i bus e chiacchierando con lei dato che sta sempre nei posti anteriori è uscito qualche aneddoto del libro, è stata lei a volerlo per farselo leggere dall'amica!"

"Ah ok! Così va decisamente meglio! E l'altro aneddoto?", chiede Andrea.

"Ehm," grattandomi la testa con un minimo imbarazzo. "Avete presente i ragazzi che passano casa per casa a presentarti e farti conoscere il loro libro di una particolare religione?"

"Sì! Cioè noooo, non mi dire che..." sorride Luca.

"Esatto, loro volevano presentarmi il loro e io gli ho venduto il mio!"

Scoppiamo tutti a ridere!

"Ma anche qui si può pensare meno malignamente dato che siamo diventati amici, avevano necessità di imparare la lingua e oltretutto sono sempre dei gran frequentatori di autobus".

"Ahahah! Fantastico!"

28.

Dopo l'ennesima sana risata, tutti e tre guardiamo Luca che sarcasticamente dice: "Non ricordo più cosa dovevo raccontarvi! Ahahah! Ok ok, epilogo (oh finalmente!). Dove eravamo rimasti?

Ah sì, ci sono due amiche all'ingresso non visibile dalla sala ed ho sentito nitidamente la frase 'Togliamoci tutto', mentre io attendo curioso ed eccitato in salotto.

Ma facciamo un passo indietro: sono nato negli anni ottanta in una giornata fredda e ahahah! Questa te la copio Davide, fa rimanere di sasso!"

"Eh no eh! Non puoi rompere le pelotas in codesta maniera! Qui ci sono amici che vogliono sapere! C'è gente che fa fatica a seguirti! Ora dillo!", rido e brontolo contemporaneamente.

"Ok ok ! L'asmatica compare all'ingresso del soggiorno vestita tale e quale a prima: 'Ti presento la mia amica Pamela'.

Pamela è una bella quarantenne, mamma da poco. Come faccio a saperlo? Perché tiene in braccio un bambino dall'età apparente di un anno e mezzo circa. Eh già! Quel 'togliamoci tutto' era rivolto al pupetto per facilitare ogni movimento e togliere cappello, guantini e giubbotto.

Pamela ha bisogno di conforto, si siede a tavola con noi e si sfoga. Il bimbo mi osserva, gli faccio smorfie ed occhiolini. Prova anche lui a fare l'occhiolino ma ne esce una chiusura simultanea di entrambi gli occhi che crea in me una risata a lui decisamente simpatica, tant'è che abbandona l'abbraccio materno e viene da me.

Tra chiacchiere, consigli e possibili rimedi il tempo vola. Al primo sbadiglio del piccolino Pamela decide di lasciarci soli, ma sono già le 21 quasi.

Mi alzo anch'io e Pam esclama: 'Nooo! Che scema, vi ho rovinato la serata! Mi dispiace, non ho pensato al coprifuoco!'. Replico tranquillizzandola: 'Per un mio amico avrei fatto uguale. È stato un piacere conoscervi e vedrai che tutto si sistemerà!'

Tranquillizzo anche la padrona di casa: 'Devo prendere servizio domattina alle 5, non posso fermarmi perché non mi sono portato dietro la divisa. A dir la verità ci avevo pensato ma presentarmi alla tua porta coi vestiti in mano e dirti 'resto qui' mi sembrava di una scortesia unica. Invece, visto che non c'è due senza tre: ti va di rincontrarci sabato? Durante l'isolamento ho fatto un corso online di massaggi. Ti andrebbe di farmi da cavia? Il proprietario del centro olistico fisioterapico, quello nuovo in via Battisti, è un mio amico e mi ha sempre dato la disponibilità della stanza, e sabato chiudono alle 14 ma mi lascia le chiavi. Ti va?'.

Il sorriso e gli occhi sgranati già dicono sì ed è quasi superfluo il suo 'certo che mi va!'.

Sabato pomeriggio. Fa freddo e pensare che tra una decina di minuti saremo seminudi sembra un azzardo. Ma una volta entrati l'atmosfera è già bella e servita. L'odore generale di pulito e la stanza con la porta socchiusa ed ancora tiepida è lì ad attenderci.

Luci soffuse, accendo la stufetta e premo il tasto per il riscaldamento del lettino. Il profumo delle tre candele che accendo già inebriano. Sulla scelta musicale stavolta non comando dato che il piccolo impianto è coperto da un nylon protettivo e l'unico tasto utilizzabile è il Play. Con la musica rilassante e sensuale la invito a spogliarsi e a stendersi pancia in giù. Ci ho pensato di baciarla subito quasi violentemente e farci travolgere dalla passione ma no, stavolta la faccio impazzire, la faccio godere completamente, voglio dedicarmi a lei.

Silenziamo i cellulari, li appoggiamo lontani. Via anche gli orologi: il tempo oggi non deve esistere. Vederla in intimo e dover resistere sembra impossibile ma mi impongo di non bruciare tutto subito e lei sembra proprio essere d'accordo. Si toglie il reggiseno e si distende sul lettino mostrandomi le curve della schiena. La copro con un asciugamano tiepido (non si sa mai che dopo l'asma ci si metta una bronchite ad interromperci) ed inizio dai piedi. Non sono un feticista ma trovo i piedi una parte sensuale che completa la bellezza femminile. Non ha lo smalto, non ha tatuaggi ma sono curati, lisci e morbidi. Mi scaldo le mani sfregandole e le cospargo d'olio alle mandorle. Prendo un piede con entrambe le mani ed effettuo intorno ai malleoli movimenti dolci e circolari con il pollice, in senso orario. Continuo sul piede variando pressione ed ampiezza dei movimenti e mi ricordo che ci son ben quattro punti di stimolo sessuale lì sotto ed a sentire il suo mugolio devo averne toccato almeno uno. Faccio la stessa cosa sull'altro piede per poi risalire ai polpacci. Prima col pollice, poi con tutta la mano le distendo i muscoli che sento tonici ma ora rilassati. Arrivo alle cosce e ai glutei. Prima all'esterno poi all'interno senza farmi problemi se dovessi sfiorare le mutandine, anzi lo faccio apposta e lei geme. Finalmente È MIA.

"Riconfermo quanto detto prima, bravo ci sai fare indubbiamente!", esclamo.

29.

"Patrizia quanti figli hai? Mi hai detto della figlia col cagnolino che si chiama?"

"Scusa eh Davide ma non portarmi sfiga, dopo che ti ho raccontato di un rapporto a te vengono in mente i figli? Che non sono mica pronto io!", interviene Luca.

"Lo sappiamo, lo sappiamo che non sei ancora pronto! Ho due figli, un maschio ed una femmina e sui loro nomi ho sempre scherzato. Il primo si chiama Massimo ma arriva sempre in ritardo."

"Perché?", diciamo in coro.

"Se il ritrovo è fissato alle dieci, massimo dieci e un quarto, lui arriva alle dieci un quarto!"

"Ahahahah!!!"

"Sul nome della femmina all'inizio ho avuto un piccolo rimpianto, ma nella culla lei dimostrò subito carattere, ve la racconto:

Chattanooga, Tennesee. Massachusetts, Michigan e Chicago. Se avete letto e pronunciato solo mentalmente provate a rileggere o dirlo ad alta voce e quando avete finito contate quante sputacchie vi sono partite, quante gocce di saliva ci sono sullo schermo o sul foglio o addosso a chi è davanti a voi. Niente di quello che vi racconterò adesso si svolge in queste località.

Siamo al Burlo, sono nata ieri sera e mi chiamo Cecilia.

Siete forse già riusciti a collegare le due cose? Eh già, è iniziata l'ora delle visite e sarà la decima persona che viene con la sua facciona sopra di me a dirmi 'Cicci cicci cicci bella questa piccola Cecilia Ceci Ceci Ceci'. Mi sono presa tante di quelle sputacchiate che penso di aver fatto più anticorpi in quest'ora di quelli che farò nei prossimi anni di asilo.

Eccolo un altro! 'Ceci Ceci cucciolotta cuccu cuccu cicciobella'. Per favore datemi un ombrello dai! Per carità, vuol dire che tanta gente vuole bene a mamma e papà, perché c'è un andirivieni notevole ma almeno per questi due giorni vorrei chiamarmi Ahgahta. Si, avete letto e capito bene, le acca sono nei posti sbagliati sperando che sia un'acca aspirata tirando indietro il fiato, provate! E non Agataaa che mi alitate il caffè di questa mattina e l'aglio di ieri sera!

Non posso ribellarmi, sono piccolina, ma un tentativo lo faccio. 'Oh che carina, guardala, muove la manina e sembra fare il pugnetto ma il dito medio è rimasto fuori... ahahah Ceci Ceci!'.

Vi giuro, che sia stato un movimento involontario, un piccolo spasmo, un rilassamento o uno stiracchiamento in una foto ho Cecilia neonata col dito medio alzato! Ceci Ceci!"

"Oltre ai figli ho sempre avuto gatti," continua Patrizia, "uno alla volta eh, ognuno col proprio carattere, ma ci tengo a raccontarvi della Trilly, a cui mancava davvero la parola ed io l'ho fatta parlare così:

Eccola qua! Buongiorno! Ti ho detto buongiorno! Che faccia hai stamattina! Aspetta che ti accompagno in bagno... un po' per farti compagnia ma soprattutto per assicurarmi che tu non perda troppo tempo seduta col telefonino in mano. Eh sì, perché sono sei ore che non mangio sai! Che non posso morire di fame! Che mi aspetta una giornata tosta perché la temperatura cambia quattro volte, mi sveglio e devo cambiare posto e far fatica per addormentarmi di nuovo. Ecco brava, alzati e andiamo. Ahia! A momenti mi tiri un calcio! Stai attenta! Cosa??? Che io ti cammino in mezzo alle gambe? Guarda che la cucina è da quella parte. Hai sbagliato tu strada sai! Non pensavi mica di tornare a dormire? Che ho fame! Brava, l'armadio che hai aperto è quello giusto. No! La scansia no! Dove stai mettendo le mani? Questa mattina sei più rincitrullita del solito! Quelle non sono le mie crocchette, sono i cereali della ragazza! E poi... guarda! Crocchette ce le ho già, è l'altra ciotola quella vuota. E anche l'acqua se puoi cambiarmi che è entrato un ragnetto piccolo e mi fa schifo berla. Intanto che cerchi la bustina del cibo volevo dirti che stanotte ho fatto una cacchina, senza volere mi son messa a grattare la sabbia e una merdina l'ho lanciata involontariamente indietro ed è uscita dalla lettiera! Boh, non la trovo più, sarà là in giro da qualche parte. Non che se la trovavo la mettevo a posto eh, che tu raccolga da qua o da là cambia poco. Cosa hai aperto? Pesce? Ok va bene... mi puzzerà un po' il fiato ma fa niente perché la marca della busta è quella giusta. Ti ringrazio, lasciami pure in pace che mangio, grazie, siediti sul tuo sgabello e se vuoi fai pure la tua solita scoreggina mattutina verso il muro, grazie! Come non detto! Ma un po' di rispetto per me che sto mangiando? Mi guardi eh! Hai capito che mi fai l'occhiolino! Contraccambio, ti faccio anch'io l'occhiolino! D'altronde sono quindici anni che facciamo questa vita ogni mattina. Aspetta! Ho sentito il solito rumore, si è svegliata la mia padroncina! Si siede anche lei in cucina e io salto subito sulle sue gambe, allungo il mio muso e lei abbassa la testa per darci un bacino. Con una mano mi gratta, con l'altra mescola il cacao nella tazza con la mia foto. Lei ed io abbiamo quasi la stessa età, lei ha un anno in più dato che abbiamo iniziato a gattonare insieme in giro per questa casa. La guardo e penso che... io di te so tutto. Ti ho fatto compagnia abbracciati a letto quando non ci hanno più permesso di stare con loro di là. Ti ho asciugato qualche lacrima ma ci siamo fatte anche tante risate, so dove hai nascosto i guanti nuovi, quelli che avevi detto a mamma di aver perso e invece sono nelle tasche del giubbottino perché hai tagliato di nascosto tutte le dita. Ti ho curato più io che decine di medicine. Mi hai raccontato tutti i tuoi segreti e io ti ho sempre ascoltato incantata. Abbiamo fatto compiti e studiato ore e ore, qualche volta ti ho fatto ridere buttando a terra la penna e la gomma... ma non mi hai mai rimproverato! Ti ho visto arrabbiarti per colpa di quel ragazzino e allora son salita su su fino alle tue spalle a leccarti la testa e a farti il solletico. Mi hai messo fiocchetti, collane e perfino un po' di rossetto, ridevi come una pazza, tanto da dovermi fare una foto in quelle condizioni per fermare per sempre quei momenti di spensieratezza, senza problemi o pensieri. Ok, adesso va, ti accompagno in cameretta, ti osservo scegliere con sempre più cura i vestiti, specchiarti con maggior malizia e prendermi in giro perché sculetto quando cammino davanti a te. Adesso va! Un miao che vuol dire tutto: vuol dire fai la brava come sempre! Vuol dire che pomeriggio sarò davanti alla porta ad aspettarti e che sarò sempre pronta e presente per accarezzarti il cuore.

Miao!"

30.

Un rumore sordo attira la nostra attenzione.

"Possibile che sia un tuono?", chiedo io.

"No, sono sicura che è semplicemente passato il treno e il vento ha trasportato un po' di più il rumore", risponde Patrizia.

Luca sogghignando: "Dalla direzione del passaggio direi che è diretto a Udine, pensate che bello: un treno pieno di friulani!"

"Ehi! Attento a quel che dici signorino, che mia sorella ha sposato uno di Faedis in provincia di Udin!", esclama Patrizia.

"Oh, povera donna!", ribatte Luca ridendo. "Ma tranquilla Patrizia, penso che quando il campanilismo fra due città si limita a degli sfottò simpatici e non volgari, è una cosa apprezzata da ambo le parti, come tra Firenze e Siena o Pisa e Livorno, Bari e Taranto e chissà quante altre. E poi lo sappiamo tutti che i friulani sono tutti onesti lavoratori e brava gente mentre noi pensiamo di più a divertirci e a passare più ore possibili al mare in ogni stagione".

Intervengo: "Mi è capitato di pensare, dato che ho tanti colleghi e amici che si sono trasferiti, a quanto sia difficile adattarsi a vite così diverse. E fantasticando ve lo immaginate un trapianto di cervello tra due figure opposte? Sarebbe più o meno così:

Siamo nel 2130 e nel vecchio ma rinnovato ospedale di Cattinara, nel nuovissimo reparto di trapiantologia, il primario Dotor Soin Tawonga Cheba, triestino da due generazioni, ma di colore in quanto i bisnonni erano nigeriani, sta visitando il signor Dade, un vecchietto molto sveglio.

'Dade, le parlerò chiaro: ho una notizia brutta e una bella. La brutta è che nonostante l'aspettativa media di vita oggi sia di 103 anni per gli uomini e 107 per le donne e Trieste sia piena di vecchietti svegli e brontoloni lei ha vissuto alla grande i suoi 80 anni maltrattando un po' il suo corpo e devo dirle che le restano ancora pochi anni. La bella notizia è che noi reputiamo la sua mente talmente brillante da esser il primo candidato per il trapianto di cervello, abbiamo già individuato il corpo di un trentenne tuttora in vita che ha due enormi difetti. Il primo difetto è di essere friulano, il secondo è che è veramente mona, non combina mai una dritta! Si chiama Denis Deganut, palestrato, single e noi contiamo di convincerlo abbastanza facilmente. Anzi lo chiamiamo subito!'

'Signor Denis buongiorno, vuol diventare intelligente?'

'Ma il fisichis lo mantenghis?'

'Sì certo, il suo fisico con un cervello super'

'Accetis!'

'Ecco allora domani arrivi allo smistamento di Duino, prenda l'ovovia 46 poi il nastro trasportatore 22 poltrona 3 che la porteranno direttamente qui da me'

'Capito un cazzis!'

'Lasci stare, veniamo a prenderla noi'

L'operazione dura dieci ore e sembra sia andata molto bene. La moglie di Dade entra in stanza e si trova sto corpo incredibile davanti.

'Dade sei tu? Dimmi qualcosa che sappiamo solo noi per convincermi'

Per fortuna il cervello comanda alla bocca di parlare in triestino.

'Son mi, son mi, se gavemo conossudo 60 ani fa ala centoduesima edizion dela barcolana, semo andai a magnar un panin de porzina senape e kren ma el kren iera sai forte e lagrimavimo anche dal rider'.

'Sìì, che bel! Non vedo l'ora de riportarte a casa!'

Dopo qualche giorno di degenza Dade torna a casa e si ricordo tutto: sa dove sono i cucchiai e le forchette e non trova i calzini esattamente come prima. La moglie gli propone di andare a Barcola domani nella nuova terrazza sul mare lunga 3 chilometri a fare un bagno.

L'indomani mattina Dade, non sapendo neanche come, si sveglia e indossa i pantaloni da lavoro, tiene in mano piastrelle nuove e la cassetta degli attrezzi. Porca miseria questa furlanità sottopelle aveva capito che andavano a fare un bagno! A lavorare!

La moglie lo tranquillizza e arrivano a Barcola, sistemano le sdraio ma dopo un paio di minuti Dade si ritrova a sistemare la piccola aiuola sotto l'albero e la zappa con un sasso come fosse un orto! La moglie lo calma nuovamente e vanno al chiosco e bere qualcosa. Quando Dade ordina un nero si incazza perché voleva un Cabernet e non questa tazzina di caffè.

È dura, davvero dura.

La moglie gli dice che prima dell'operazione aveva già preso i biglietti per la semifinale di Champions Triestina - Real Madrid alla Totò De Falco Arena di stasera. Nell'altra semifinale la Juve ha battuto il Senožeče, quindi in finale potremmo proprio farcela.

Se vi sembra strano che il Senožeče sia a questi livelli dovete sapere che un cugino della famiglia Laško, per un colpo di fortuna, ha fatto tanti soldi inventando una pillola che ti fa passare la sbronza: puoi bere quello che vuoi, quanto vuoi senza rovinarti, potete immaginare... un successone!

In stadio parte il coro 'Uniooone unione ale ale aleeee'. Canta anche Dade 'Unione ale aleeee ale Udin!'. Porca paletta, quaranta tifosi si girano e lo fulminano con lo sguardo.

Sempre più dura.

E quando a casa dopo la vittoria la moglie vuole festeggiare a letto e Dade vede questo friulano che vuole trombargli la moglie... non ci ha visto più! Ha preso il telefono e ha chiamato il dottore!

'Dottor Soin Cheba la me scusi el disturbo ma mi non posso più!'

'Dhunocondendo?'

'Dotor ma come cazzarola la sta parlando?'

'Ah scusi ma ogni tanto ho l'Africa sottopelle che si fa sentire'

'Eco, apunto! A mi la me disi! Voio tornar come prima. Dove xe el mio corpo?'

'Il corpo si trova nelle celle frigorifere del cimitero di Sant'Anna, al quinto piano, con altri migliaia di concittadini in attesa di risorgere con me, per andare a conquistare il mondo appena perfezionerò le tecniche di risveglio. Ma è sicuro?'

'Senza dubi! Meio do ani da triestin che decine de ani da furlan!'"

Eh sì! Perché noi triestini possiamo girare il mondo, vedere immagini bellissime che ti restano impresse nella mente. Possiamo anche vedere New York, i fiordi norvegesi o le valli del Natisone e tanti altri bei posti, ma noi Miramare, Piazza Unità e San Giusto li abbiamo nel cuore e nessuno potrà mai mai mai separarci da loro.

31.

"Davide, hai guidato sempre qua a Trieste? Da quanti anni guidi?", mi chiede Andrea.

"Quasi ventisei anni alla guida degli autobus cittadini, prima ho fatto qualche gita coi pullman granturismo, bei tempi, tanti soldi ma ero via durante le feste ovvero quando gli altri vogliono fare una vacanza. Pensa che avevo anche una macchinetta del caffè a bordo, all'epoca c'erano ancora le lire ma te la faccio facile in euro, una cialda a me costava trenta centesimi scarsi e vendevo il caffè fatto ad un euro. Prima di superare qualsiasi confine prendevo il microfono spiegando ai miei gitanti che difficilmente all'estero avrebbero trovato un caffè buono come quello italiano, facevo una pausa ascoltando il brusio e il brontolio per poi tranquillizzarli dicendo che la mia macchinetta ne faceva di buonissimi! E a ogni gita ne vendevo centinaia!"

Andrea con un rapido conteggio calcola il possibile guadagno e strabuzza gli occhi, poi calcola anche quanti anni possa avere perché mi fa quasi un complimento: "Allora devi aver fatto pochi altri lavori prima!"

"Ahahah, grazie Andrea. Diciamo che la scuola l'ho frequentata senza molta fretta soffermandomi qualche anno, sai... solo per essere sicuro di aver imparato bene eh, non per pigrizia. Poi, in attesa di partire per il servizio militare, ho lavorato per un periodo trasportando frutta, ma la prima settimana mi sono letteralmente cagato addosso!"

"Cosa intendi?", chiede stupito Luca. "Qualche incidente alle prime esperienze di guida? Qualche problema con la sveglia mattutina?"

"No, no! Colpa dell'uva! Non sapevo, per ignoranza mia dovuta alla giovane età, che l'uva avesse un potere lassativo con i suoi acidi organici, gli zuccheri e la cellulosa, ma soprattutto non mi sono accorto che ne mangiavo parecchia. A me sembrava di assaggiare solamente qualche chicco, solamente quelli che erano staccati dal grappolo, non di più, ma due chicchi di uva regina, altri due di moscato, qualcuno in più di uva fragola, aggiungiamoci pure la sultanina e zibibbo ogni giorno e mi ritrovavo a dover fermare il furgoncino in ogni dove! Succedesse ora sul bus sarebbe da panico e sudori!

Poi sono partito per la leva. Dopo l'arruolamento, il mese di addestramento e il giuramento con gli Alpini, veniamo tutti adunati per conoscere la destinazione per i prossimi undici mesi. Chiamano quello accanto a me: nome cognome, una caserma nel nord del Veneto, mansione cuoco. Lui mi dice che se lo aspettava perché con i genitori gestisce una gastronomia e la scelta risultava molto logica. Chiamano me: nome cognome, la stessa caserma nel Veneto mansione... io capisco 'salumiere'. Sgrano un po' gli occhi e penso che avendo lavorato in un ortofrutta, con il libretto sanitario in ordine, può anche starci e che, anzi, mi aggrada parecchio. Partiamo a bordo di quei camion coperti solamente da un telo. Un freddo tremendo durante tutte le quattro ore di trasferimento.

Giunti all'interno della caserma, dopo un centinaio di

metri, al naso ci arriva un odore di cibo ed infatti siamo nei pressi dei locali della mensa. Chiamano il cuoco. Lui prende il suo borsone e scende. Io lo seguo. 'Ehi tu! Dove vai?'. Rispondo che sarò il nuovo salumiere e mi sembra la fermata giusta anche per me. Consultano la lista e scoppiano a ridere. Non capisco. Devo rimettermi seduto e fra tre minuti mi sarà tutto più chiaro. Stavolta al naso mi arriva un forte odore di stalla e bestiame e mi spiegano che sarò salmiere e non salumiere. E che cazzarola vuol dire?

Scopro che il salmiere è colui che si occupa degli animali da soma e dei carri usati negli eserciti per trasportare rifornimenti, viveri e munizioni. Con gli occhi ancor più sgranati entro nella stalla dove trovo un cavallo e qualche asino. Mi spiegano che vengono usati in sfilate, adunate e rappresentazioni rievocative e che mi è stata assegnata Fullia, una vecchia mula. Rileggo tre volte il nome: non Fulvia per un errore ortografico e non Furia lo stallone nero della tv ma Fullia, come se a pronunciare Furia ci sia un cinese.

La guardo, ci guardiamo negli occhi e ho la netta sensazione che mi dica 'Ho un nome strano vero?'. Rimango incantato dalla sua aria mite e pazienza, decido di chiamarla Fully-Fullina e al solo pronunciarlo scorgo il suo occhio umido e dolce illuminato a tratti da lampi di furbizia. Mi guardo in giro e vedo che è tutto pulito ed in ordine, forse un po' freddo come se chi mi ha preceduto lo avesse fatto per obbligo e non per dedizione. Anche Fully-Fullina è pulita ma la criniera è ispida, quasi appesantita, ha due caccoline sugli occhi e una sulla narice, mentre le orecchie... no beh quelle sono fantasticamente sproporzionate.

Durante le ore di libera uscita mi reco in un negozio di animali, compro lo shampoo più balsamato possibile, facendo sorridere la gentile commessa una volta spiegato l'uso che ne avrei fatto. In una drogheria compro otto bigodini, i più grandi che trovo.

Torno da Fully-Fullina, la lavo, con sei bigodini le acconcio la criniera mentre con gli altri due provo a dare una piega anche alla coda. Spruzzo qualche goccia del mio Davidoff qua e là. Lei mi guarda, apre la bocca, mi sa che ride davvero.

Il risultato è favoloso: sembra costantemente in posa per la più bella foto mossa da un vento che non c'è, la coda poi rivolta leggermente nello stesso lato le rende il culo più alto e sodo tant'è che coi primi passi mi sembra sculetti. Facciamo insieme qualche passo nella stalla e Fully-Fullina sembra mandare in delirio l'asino Mallo che scalcia contro il muro e il cavallo Melis che nitrisce quasi euforico.

Mallo e Melis sono coetanei dato che la lettera iniziale M caratterizza tutti i quadrupedi nati in quell'anno, la mia mula dunque deve avere quasi cinque anni più.

Le passeggiate risultano piacevoli, lei mi segue ovunque ma non capisco ancora se lo fa perché la tengo con la corda, che non è mai tesa, o se è a suo agio con me. Le parlo. Mi ascolta. A volte soffia come spazientita quasi a voler dirmi 'E toglila sta corda! Dove vuoi che scappi?'. Ok, mi fido ma 'Mi raccomando Fully-Fullina non facciamo casini eh!'. Altroché se mantiene la promessa!

Diventa la mascotte non solo della caserma ma del paesino intero. Ad ogni rappresentazione, davanti al museo storico della guerra, o anche semplicemente coi commilitoni siamo uno spettacolo: davvero belli da vedere! Mi segue ovunque, si ferma accanto a me, si fa coccolare dal pubblico e soprattutto dai bambini. Sbuffa e soffia solo quando ripeto la stessa battuta al bambino di turno che si sta scaccolando il nasino: 'Guarda che ti viene il naso grande come Fully-Fullina che da piccola si metteva gli zoccoli nel naso!'. Lei abbassa la testa più per lo sconforto che per la vergogna ma la rialza a sentir la risata di chi ci guarda.

Durante le sfilate anche Mallo e Melis, sorprendendo i loro salmieri, si fermano dietro a noi, ma ho la netta sensazione che lo facciano per guardarle il culo!

Ogni mattina arrivo in stalla e lei mi appoggia il muso sulla spalla. Ci diamo il più dolce e sincero buongiorno e mentre sistemo il tutto le racconto ogni cosa che mi passa per la testa, tant'è che la mula, quella umana intendo, che mi aspetta a casa, al telefono mi confida che Fullina mi conoscerà meglio di lei ormai.

Raglia raramente. Anche perché il raglio è spesso un lamento o una protesta per qualcosa che non va, quindi perché dovrebbe ragliare? Capita raramente, ma quando capita in compagnia di altre persone le chiedo velocemente: 'Qual è il tuo telefilm preferito?', e lei continua col suo "Iiii-aar iiii-ar", come i primi medici in corsia della serie televisiva anni '90. E chi ci ascolta si ribalta dal ridere.

Passano i mesi, tutti bellissimi. Fino a quando la mia Fully-Fullina non fa più la cacca! Che sia colpa del Davidoff? Mah! Le dico che anche se è diventata una diva può e deve continuare a farla! Che anche Audrey Hepburn cagava ne sono certo.

Avviso il superiore ed il veterinario pensando ad una semplice purga. La diagnosi è una lista di parolone da rabbrividire: qualcosa di simile alla torsione dello stomaco, ma anche una serie di gravi patologie non operabili. Eh già perché lei di anni ne ha già 31, ben oltre la vita media di un asino e da fare c'è ben poco.

Un cretino accanto al medico mi dice anche che la pancia si indurirà e potrà scoppiare. Scoppiare? Ma lo avrà detto seriamente? Cioè potrei trovarmi addosso pezzi di Fullina? Chiedo il permesso di dormire con lei. Il mio superiore acconsente ma con un pizzico di meraviglia mi chiede 'E per la puzza?'. Gli ribatto con l'ultima goccia di ironia rimasta, annusandomi le ascelle: 'Fullia si abituerà!'.

Sono accanto a lei. E se scoppiasse veramente? La pancia è durissima davvero. Metto qualche balla di fieno, più per sistemarci comodi che per costruire un muro protettivo! Di solito dorme in piedi ma oggi proprio non ce la fa. Mi stendo, le parlo, ci guardiamo, la ringrazio per ogni minuto trascorso insieme, sbatte gli occhi un paio di volte con quelle enormi e lunghe ciglia, poi raglia un paio di volte, le appoggio la mano sulla fronte in mezzo a quelle magnifiche orecchie e lei si addormenta.

Per sempre.

Alla mattina è tutto un 'Condoglianze!' oppure 'Ti abbraccio', ma al momento non realizzo, sono sereno o forse non accetto.

Nel tardo pomeriggio un frastuono attira l'attenzione di tutti. Tutututututu un elicottero atterra nella nostra piazza d'armi.

Scende un generale che all'ammaina bandiera mi vuole subito al suo fianco. L'altro salmiere, rinunciando alla sua libera uscita, porta quel casinista di Mallo che pensa bene di ragliare proprio durante la discesa della bandiera. E in quel silenzio sa tanto di pianto disperato e commovente.

Il superiore dichiara di essere venuto qui solo per me, di essere stato informato del mio operato e che sarebbe onorato di cenare con me. Wow! Non penso d'aver fatto nulla di particolare ma durante la cena prosegue col suo elogio raccontandomi che durante la guerra muli, asini e cavalli erano ben più importanti degli uomini: potevano trasportare quantità di aiuti molto superiori rispetto al soldato e numericamente, ovviamente, erano inferiori; che sui sentieri stretti di montagna era il quadrupede a camminare sottomonte in sicurezza mentre era l'uomo a rischiare di più all'esterno del percorso vicino ad un eventuale burrone proprio perché perdere un mezzo di trasporto rappresentava un problema maggiore.

Con la mia dedizione avevo dimostrato quei valori così cari agli alpini quali aiuto, supporto ed altruismo. Ribatto che mi è stato insegnato dai miei genitori di fare ogni cosa al meglio e possibilmente col sorriso ma che, ovviamente, sono onorato di tanta stima.

Ahimè, sono quasi astemio! E a mezzanotte non ce la faccio proprio più a reggere né un altro bicchiere né la schiena dritta dopo giorni pesantissimi. Vorrei congedarmi dato che la sveglia sarà all'alba ma dice di non preoccuparmi, che da domani sarò in licenza premio sia perché lo merito sia perché ne avrò bisogno.

Nel viaggio in treno verso casa realizzo che quell'ultima parola pronunciata dal generale è azzeccata. Vedo il muso di Fully-Fullina ovunque: non c'è giornale o panorama dal finestrino in cui non appaia qualcosa di lei. Rivedere i propri cari, la morosa (la mula, già!) è piacevole certo, non li vedevo da qualche mese, ma tutti capiscono che ho subìto un bel colpo.

Solo dopo giorni mi riappacifico col mondo e accade per caso. Per quei segni del destino ai quali puoi credere o meno, o per ironia della sorte, lo zapping televisivo si ferma su un vecchio film di Stanlio e Ollio: un intermezzo musicale in una piazza d'armi, ammirati da tutti, due minuti che donano buon umore per un sorriso senza età. Se potete andate a guardarlo, anzi lo carico su youtube dal mio cellulare e entra nella testa di noi tutti. Il testo fa così: *Guardo gli asini che volano nel ciel ma le papere sulle nuvole si divertono a fare i cigni nel ruscel bianco come inchiostro vanno i treni sopra il mare tutto blu e le gondole bianche sbocciano nel crepuscolo sulle canne di bambù du du du du queste strane cose vedo ed altro ancor quando ticchete ticche ticchete ticche ticchete sento che è guarito il cuor dall'estasi d'amor.*"

Patrizia ha gli occhi lucidi, la abbraccio e la rassereno con questo pensiero: "Non siamo dottori per regalare anni alla vita ma abbiamo regalato sicuramente vita agli anni, a qualche nostro amico anzianotto con due o quattro zampe".

32.

"Ora mi rifaccio e ti faccio ridere," dico rivolto a Patrizia. "Ho coltivato, anzi sarebbe meglio dire ho provato a coltivare un hobby, quello della fotografia. Fotografo! Fotoreporter! Che bello! Catturare l'attimo, fermare il mondo, assaporare intensamente la vita in ogni centesimo di secondo, non dover più spiegare le cose con altre mille parole. Allineare la testa, l'occhio, il cuore e... click! Ed ecco una lacrima, un sorriso, una smorfia, una verità. La fotografia è come una barzelletta: se devi spiegarla vuol dire che non è venuta bene. Ed è proprio come una barzelletta che rivivo il mio approccio a questo mestiere. Ero giovanissimo e ne combinai di ogni:

1. Sprecai pellicola a colori per fare un reportage sulle zebre;

2. Usai una Polaroid ma le foto furono così brutte che si rifiutarono di uscire;

3. Feci un servizio per un giornalino porno ma vennero tutte mosse;

4. Provai a risparmiare allestendo in casa una camera oscura raccogliendo decine di lampadine fulminate;

5. Le foto della nevicata non le misi mai a fuoco.

Insomma, l'ennesimo scatto... fu di nervi e abbandonai.

Preferii diventare un pagliaccio: in fondo anche il clown fa collezione di attimi.

Quando parlo di fotografie e fotoreporter ricordo sempre con piacere un episodio, orribile all'inizio ma con una svolta inaspettata.

Vi ricordate di Hrovatin? Il fotoreporter morto in un attentato in Somalia? Quando lo sento nominare ho un'associazione mentale che mi porta a San Nicolò, il santo tanto caro ai triestini piccoli e non. No, non è perché l'immagine che ho del fotografo triestino è di un volto buono e con la barba!

Collaboro con un'associazione che si chiama 'San Nicolò si mette in moto' e raccogliamo regali e donazioni da consegnare alla Fondazione Luchetta, Ota, D'Angelo e Hrovatin appunto.

A novembre di ogni anno metto a disposizione il mio tempo libero per sensibilizzare e ricordare ai triestini la festa che sta arrivando che culmina in un'enorme, favolosa e festante carovana di motociclette con i regali e gli assegni da consegnare. Lo faccio anche nella mia azienda, la Trieste Trasporti.

Qualche anno fa capitò però che in un unico momento di distrazione del mio collega volontario nel deposito di Prosecco la cassettina con i soldi per i bambini sfortunati fu misteriosamente sottratta.

Ricordo che andai su tutte le furie ed urlai: 'Ooouuu ma dove cazzo sta andando il mondo?!?'. Ma a quante altre ingiustizie dobbiamo assistere? Miran assassinato insieme ad Ilaria in un attentato e qui soldi destinati ai bimbi (ai bimbi!) in suo nome rubati!

'No! Non può finire così!', pensai e resi pubblico il furto contravvenendo un po' alle regole aziendali che prevedevano prima colloqui ed indagini. Ma feci bene: la notizia di quel gesto vile smosse i cuori dei triestini, girò per giorni sui quotidiani e sui social dando inizio ad una raccolta spontanea che commosse tutti. Gli stessi autisti fecero un ulteriore sforzo riempendo nuovamente e maggiormente la cassettina.

Ricordo una telefonata, sul display del cellulare apparve la scritta 'Dentista' e, da quando esistono i dentisti, pensi subito: uscita monetaria! Invece il medico mi invitò nel suo studio e mi consegnò un importo da rimanere a bocca aperta. Ok, direte voi, un dentista se lo può anche permettere, ma andò a sommarsi ad altre telefonate, ad altri giri per la città col mio scooter a raccogliere donazioni da gente sconosciuta.

Ecco! Da quel giorno posso dire di vivere in una città con un grande cuore e immagino San Nicolò (perché esiste eh, ne ho avuto la prova!) battere 5 a Miran perché, anche a nome suo, i sorrisi dei bimbi in difficoltà devono vincere sulle ingiustizie."

33

A proposito di "Far del bene" Patrizia ci fa notare che la pubblicità all'interno del bus esorta a donare sangue. Mentre io le mostro le decine e decine di donazioni sulla tesserina lei cerca un racconto dei suoi ed inizia:

"Sono davanti alla gran cassa. Una figata pazzesca! Colpi di bassi forti, intensi: Pum pum! Ho l'imbarazzo della scelta sulla via da percorrere: a volte trovo Lina Adrena che è completamente fuori (come un poggiolo!) e con lei si imboccano scivoli impegnativi, ma quella che spero sempre di trovare è Tonina Sero, solare, allegra e affascinante. Aspettate un attimo. Comunicazione dal capo: chi ha voglia di divertirsi si rechi in primo piano che il proprietario sta per iniziare a far l'amore con la sua fidanzata. Ecco, adesso inizia il bello: Tonina Sero ed io scendiamo a braccetto. La gran cassa inizia ad aumentare i colpi e si viaggia che è un piacere! Incrociamo Rina Piast, felice anche lei perché in questi momenti c'è una euforia generale che fa star bene tutti. Con Tonina Sero ci divertiamo come pazzi ad essere sbalzati e spinti avanti e indietro per mezz'ora e quando sentiamo che la gran cassa inizia a rallentare capiamo che si addormenterà presto e potremo fare un giretto in tranquillità. Le nostre funzioni sono al minimo e possiamo goderci le vie libere: siamo proprio fortunati ad abitare un corpo così pulito e ben curato (merito anche nostro eh!).

All'indomani ci capita qualcosa di davvero strano: di solito dobbiamo ripartire di slancio perché questo corre o fa ginnastica ma oggi niente di tutto ciò. Veniamo risucchiati in un ago, poi in una cannuletta e finiamo in una sacca, penso nasca da qui la frase 'non sono in vena!', ma è solo per sdrammatizzare perché non so cosa sarà di me. Non rimaniamo fermi perché ci obbligano a barcollare a destra e a sinistra e comunicano a Rina Piast di prendersi qualche ora di ferie perché sarà necessario rimanere agili e fluidi e per il momento il suo lavoro non serve.

Dopo qualche ora ecco che ripartiamo: fuori dalla sacca, dentro la cannuletta, dentro l'ago ed eccoci al calduccio e in questo getto perdo di vista Tonina Sero.

Qui non è affatto pulito! E quando incrociamo qualche mio compare del posto ci spiega che è davvero dura: stanno facendo tutto il possibile, aiutati anche da altri compari con gli occhiali arrivati prima di noi ma la situazione è tutt'altro che allegra. Quello che mi colpisce più di tutto è il rumore di questa nuova gran cassa che, anzi, di nuovo non ha proprio nulla. Pum e... pum ma con fatica. Decido di andare a vedere ma qua le vie si restringono e mi imbatto in macchie gialle e antipatiche. Provo a rallegrare i compari del posto con barzellette e storielle ma è dura! Tanto dura!

Il giorno successivo la situazione non cambia. Anzi: sssssssssshh! Fate silenzio un secondo! Non sento più la gran cassa!!! Ehiiiii!!! Svegliaaaaa!!!

Niente da fare e infatti dopo un paio di secondi siamo tutti fermi. Ci guardiamo. Urlo nuovamente: Cooouuuu!!! Sono ancora giovane, non posso rimanere chiuso qui dentro! Ma niente da fare. Silenzio. Tremo. Ho paura. Abbiamo tutti paura! All'esterno si sente armeggiare e ad intervalli regolari percepiamo tutti una spinta, facciamo a malapena due passi ma ci fermiamo nuovamente: se la gran cassa non riparte sarà difficile durare a lungo. Sssssssssssssssh! Finiscono anche queste spinte! Nooo! Non può finire tutto!

Fuori si odono delle urla. Via io via voi via tutti!!! Parte una scossa che ci fa rotolare tutti in tutte le direzioni. Sssssssssssssh! Lento ma convinto... pum.

E ancora Pum! Pum! Pum-pum! Sììì!!!

Prendo la situazione in mano: amici, ci hanno dato un'altra possibilità! Adesso tutti uniti! Tre contro uno verso quelle macchie gialle che ostruiscono le strade. Non sarà leale il tre contro uno ma non le voglio più vedere. Forza! Diamoci da fare!

Corriamo, rivedo Rina Piast, indaffarata ma orgogliosa. Faccio a cazzotti con due macchie, libero ancor di più il percorso e così per giorni e giorni. Ne impiegherò altri dieci ma, finalmente, là in un angolo vedo la mia Tonina Sero, bella come sempre ma ovviamente disorientata. L'abbraccio, la bacio! Mi sei mancata! La porto a spasso e chiedo ai miei compari di invitare le loro comari. Ci vorranno altri venti giorni ma...

Messaggio dal capo: portarsi al primo piano! Pum pum, pum pum... accelerato! Sta a vedere che torniamo a divertirci! Evvaiii!!!

A chi ha donato, a chi dona e donerà. A chi ha ricevuto. Come mio marito. Grazie."

Andrea ne rimane estasiato. È lui stavolta ad abbracciare assicurandole di diventare donatore.

34.

"Per donare sangue devi godere di buona salute!", inizio a raccontare. "Cosa che io qualche anno fa avevo mo-
mentaneamente perso: L5 acqua! S1 colpito! Seeee magari
fossi una battaglia navale! È la diagnosi! Il nome delle due
vertebre che mi fanno scherzi... in parole povere un mal di
schiena che non vi dico! Provo a non mollare e anche oggi
vado ad allenarmi, ma dopo dieci minuti di tiri a canestro
senza aver fatto neanche un po' di stretching devo fermarmi e i ragazzi in spogliatoio mi ridono dietro perché non
riesco neanche a togliermi la canottiera.

'Ma stia tranquillo!', mi dice il fisioterapista. 'Non vuol
dire arrendersi all'età ma migliorare le proprie abitudini, la
postura, l'alimentazione. Le consiglio di fare nuoto, stile libero o meglio dorso ma non rana che schiaccia eh, e questi
esercizi che prevedono allungamenti, e caro mio dimagrire
dieci chili'.

Eccomi qua in piscina a Punta Grossa, acqua di mare
calda, una figata! Mi metto gli occhialini e inizio. Una noia
bestiale! Guardo in basso e vedo solo piastrelle piastrelle
piastrelle, tocco il muro, mi giro e di nuovo piastrelle piastrelle piastrelle! Torno vicino al muro con il fiatone, mi
tolgo gli occhialini e una signora mi sorride, forse le faccio
pena, forse sono in condizioni davvero penose e comiche!

Fatto sta che mi sorride, prende l'asciugamano e va in sauna. Ecco... la mia lezione di nuoto è già finita! La seguo e per le due ore successive non dovrò pensare al mal di schiena. Ma la soluzione è lontana.

Prova queste pastiglie! Bevi queste bustine! Ognuno quando mi vede storto vuole dirmi la sua! Addirittura una pomata che raddrizza anche le renne? Il Volta-ren! Ma va a quel paese, ancora ti ascolto! Rido ma c'è poco da ridere. Non sono ben messo! Se continuo così e con questa panza... posso fare ginnastica preparto al massimo!

Vuoi provare a fare Yoga? Ascolta, ho provato tutto e male non può fare!

Eccomi qua. Indosso i miei pantaloncini da basket, ne ho 15 forse 20 paia, ognuno con una storia dietro. Mi guardo e diciamo che non sono proprio vestito come gli altri. Guardo questi pantaloncini e loro sembrano dirmi 'Dove è la palla? Prendi la palla prendi la palla!', come un ragazzino al parco giochi.

Quattro uomini e un'unica ragazza. Pensavo il contrario. L'insegnante sorridente mi mette subito a mio agio. Metto il tappetino a terra ma storto. Per fortuna è storto anche quello della ragazza... alla faccia del disordine prettamente maschile!

... Ioghena citassia padena baciam... no no!

Tranquilli non sono impazzito!

Ripeto papalescamente delle frasi che solo più tardi capirò essere una signora invocazione che merita molta più importanza. Mi guardo in giro e qualche domanda se sono nel posto giusto me la faccio. Iniziamo! Allungati ma non forzare, ruota, rilassa, gira, tira, sposta e un'ora vola piacevolmente. Qualche dolorino certo ma sembrano fatti apposta per conoscere meglio tutto il mio corpo e non solo questa schiena balorda. Sorpresa finale, si può anche riposare con la copertina. Una musichetta, le parole giuste dette con tono basso e rilassante. Oddio... parole giuste? Diciamo che alla domanda 'Sentite le ossa che toccano il pavimento', tra me e me rispondo 'No, troppa ciccia'. Ma la seconda frase sembra fare al caso mio: 'Ora sentite tutta la pelle, la carne che si spalma sul pavimento'... Oh ecco! questo fa per me e mi sento appiattito, magro addirittura. Lezione finita. 'Piegate, mettete tutto in ordine', è la frase che mi fa sorridere perché mi sembra di essere a casa sparanzato sul divano, ma ci sono le faccende domestiche da finire!

Ventesima lezione. Arrivo anche prima della maestra. Aprire quella porta è come lasciare fuori i casini, dimenticarsi L5 S1, e le spalle stanche dal lavoro diventano dritte ancora prima di iniziare.

Mi metto i miei pantaloncini. Quelli no non li mollo. Mi guardano. Sorridono. Vorresti prendere la palla ah! Ma guarda che bene che stiamo e che bene ci ha fatto stare questo posto! Ti prometto che quando arriverò a mettere di nuovo la testa in avanti fino a che il mento tocca il numero 8 scritto sul ginocchio, qualche tiro in campetto torneremo a farlo! Ma subito dopo una bella doccia e un bel ooooooooohmmmmmm in compagnia non ce lo toglie più nessuno.

Ma non ho mollato il basket eh, invece di giocare alleno.

Non serve essere esperti di pallacanestro per capire ciò che vi racconterò: al pomeriggio io divento il maestro Ugo Pastaesugo, istruttore di minibasket. Sì, lo so, il nome è allucinante, ma ovviamente c'è un motivo. Quando a inizio anno ricomincio coi primi allenamenti è bellissimo ritrovare i bimbi che già conoscevo, ma ho a che far anche con bambini nuovi, che vogliono provare e che devono appena entrare in empatia col maestro e con gli altri mini atleti. Allora, dopo averli lasciati cinque minuti liberi a correre con la palla che sembrano quei caprioli liberati in bosco dall'Enpa dopo averli curati e rimessi in sesto, faccio il conto alla rovescia cinque quattro tre... aspettandoli sul cerchio in mezzo al campo. I più vecchi, stiamo parlando di ragazzini di sei, sette, otto anni ma che già mi conoscono, aspettano col sorriso un rituale.

Facciamo le presentazioni e li prego di non prendermi in giro, di non ridere perché mi chiamo Ugo Pastaesugo. Ecco, in quel momento il bimbo nuovo guarda gli altri e non sa se può ridere, ma ha già le fossette sulle guance pronte. Una bambina nuova scoppia a ridere trascinando tutti, vecchi e nuovi, in una sana risata. Riportata la calma attiro la loro attenzione con una parlata ad occhi sgranati e toni bassi: cari bambini come vedete oggi ho diviso il campo in quattro rettangoli con questi coni. Venite qua in questo rettangolo dove c'è un bel sole e possiamo buttare la palla in aria come in spiaggia questa estate, e dovete prenderla al volo prima che cada, mi raccomando!

In questo altro rettangolo, però, c'è un po' di pioggia. Venite, venite con me! Come facciamo la pioggia leggera? Palleggiando pian pianino, stiamo bassi e la palla a pochi centimetri dal pavimento a malapena rimbalza che già dobbiamo riprenderla. Tanti tin tin tin e ogni tanto dobbiamo asciugare la testa per quelle due gocce.

Nel terzo rettangolo brutto tempo, ma brutto eh! E la pioggia forte e i tuoni come li facciamo? Esatto! Rimbalzi forti, buttiamo la palla per terra e prendiamola al volo senza tirarcela sulla faccia eh!

Nel quarto rettangolo c'è vento, tanta bora, e quando

alzo le mani parte un refolo che vi sposta verso sinistra costringendovi a saltellare su un piede, ma questa bora spacca i rami e i cespugli e in questo rettangolo arrivano sul pavimento coni e cerchi che dovete schivare.

Finalmente possiamo tornare nel primo rettangolo: aaaaah che bel tempo qua! E ributtiamo la palla per aria contenti. Possiamo anche andare a bere acqua dalle nostre bottigliette perché abbiamo fatto una fatica con questi tempi!

Ecco, vedere quei bimbi uno vicino all'altro, che sorridono, che fanno amicizia mi fa pensar che ho vinto. Sì, ho già vinto una partita che tra poco faremo e faremo anche tanti canestri, che di solito è la prima cosa che un figlio riporta a casa o all'uscita dalla palestra. Ma la vittoria più bella e inaspettata arriva due giorni dopo, all'allenamento successivo, quando arrivano da me chiedendomi: 'Maestro Ugo, per favore' con tuta l'educazione possibile, 'Possiamo fare anche oggi l'esercizio dei rami?' e la mamma che mi guarda e: 'È da due giorni che non parla d'altro e non vede l'ora di tornare qua!'.

Sono convinto che la vita sia bella, e spesso non occorrono imprese giganti o chissà che, basta il sorriso di un bambino perché è sincero ed è la cosa più bella del mondo.

Ah, per la cronaca, il secondo giorno non abbiamo fatto il gioco dei rami, ma siamo andati mezz'ora ad una festa in Australia: c'erano i koala tranquilli che si muovevano piano ma nel rettangolo dei canguri ubriachi non vi dico che casino! Ahahahah".

"Mi hai fatto tornar la voglia di giocare a basket!", afferma Andrea.

"Anche a me!", conferma Patrizia ridendo. "Solo per conoscere Ugo Pastaesugo! Ahahah!"

35.

"A proposito di bambini," inizia a parlare Luca, "la collaborazione negli scherzi con Andrea iniziò quando lui aveva pochissimi anni e già capii che avrei trovato un ottimo collaboratore. Ricordo che stavamo facendo una passeggiata a Grado, in spiaggia, in una delle ultime domeniche di settembre. Vista la bellissima giornata eravamo una compagnia numerosa con parecchi amici e nonni compresi. Portammo anche dei giochini per Andrea che di anni ne aveva poco più di due. Tra i vari attrezzi a sua disposizione c'erano anche paletta, secchiello e un setaccio. Nascosi alcune monete nel secchiello riempito di sabbia e quando setacciò le trovò. Richiamò l'attenzione di tutti mentre io cercavo nel portamonete e in ogni tasca tutti i soldini in metallo spargendoli di nascosto in prossimità di Andrea.

Andai anche nel bar lì vicino a farmi cambiare una banconota. Iniziò una festa con grida entusiaste ad ogni ritrovamento! Ormai le monetine le davo direttamente ad Andrea che le inseriva nella sabbia del secchiello! Dopo una decina di minuti con una ventina di euro recuperati in monetine di ogni taglio iniziai a chiedere ad ogni ricercatore se avesse delle monetine da prestarmi, ponendo fine ad una ricerca divertente che si concluse in una risata generale incontenibile, vedendo anche quegli occhi vispi e furbi del piccolo, felicissimo collaboratore.”

“Comunque amici miei,” mi rivolgo solo ai maschi presenti in autobus, “ricordiamoci che oggi è la festa di Patrizia e di tutte le donne!”

“Una fra le migliori feste della donna degli ultimi anni, anche perché non ho mai festeggiato particolarmente, ma mi state regalando grandi emozioni e gioie inaspettate!” dice Patrizia.

Poi continuo:

“Ero giovane. E con questa premessa metto le mani avanti in modo che non prendiate troppo seriamente la prossima frase. A chi mi chiedeva ‘Quand’è la festa della donna?’ rispondevo imitando la voce di Umberto Bossi: ‘Quando l’uomo ce l’ha duro!’. Vi dico la verità potevo permettermi di dire sta stupidaggine perché ero un bravo ragazzo, sempre col sorriso e la battuta pronta e se una di queste usciva più crudina o volgare si capiva che era un’eccezione e non un limite mentale. Ecco dove volevo arrivare. Quanti limiti mentali ha ancora la società sulle differenze tra uomo e donna!

Non molte tempo fa un utente era in procinto di salire sull’ autobus ma appena si è accorto che alla guida c’era una donna ha desistito.

A questo ignorante vorrei dire che la mia compagna, ad esempio, ha il patentino da rally, fa delle manovre che la maggior parte degli uomini se le sogna (ma non posso difenderla sempre eh! Dato che quando entriamo in una rotonda devo chiudere gli occhi perché si prende con tanta autorità sia la corsia che l’uscita senza tante frecce!).

A chi come lui dice ‘Chi dice donna dice danno’ gli ribatto che è vero! Danno: danno la vita, danno la speranza, danno il coraggio, danno sé stesse per amore.

I tempi cambiano ma ancora tante conquiste ci sono da fare. Eh sì perché... se penso ai quattro chirurghi che hanno avuto a che fare col mio corpo... tre erano maschi! Ma come?

Usiamo dire che la donna è più delicata, ordinata e precisa, ovvero quello che servirebbe in un'operazione, e dopo non riesce a fare carriera?!?

... Se nomino la parola chef immagino che anche a voi vengono in mente Bastianich, Cannavacciuolo, Cracco, Barbieri e ancora Gordon Ramsey o Alessandro Borghese, eppure per ogni figlio la minestra di fagioli della mamma rimarrà imbattibile.

... Se penso alla politica le figure son quasi tutte maschili, eppure la gestione della casa e della famiglia è portata avanti (e bene!) dalla donna!

Potrei continuare l'elenco ed in tantissimi altri campi il discorso rimarrebbe uguale.

Oggi è la vostra festa.

Nella mia vita ho incontrato e avuto a che fare con tante donne, alcune forti, che ogni giorno affrontano tutti quei piccoli e grandi ostacoli della vita, altre più deboli, che riescono comunque a trovare dentro sé stesse la forza per sistemare tutto quello che non va.

Ecco cara Patrizia, a te e a tutte le donne che ho incontrato e conosciuto, a tutte le donne che ancora devo incontrare, oggi porto una mimosa e tutti gli altri giorni dell'anno porto il mio rispetto. Buona festa delle donne!

Auguri, di cuore!"

Patrizia ci abbraccia contenta e commossa:

"Grazie! Non avete idea di quanto mi manchino gli abbracci! Per non parlare di quando eravamo in isolamento, in quel periodo ci ho pensato tanto e ho rivisto, in un posto particolare, una scena che i nostri genitori hanno fatto con noi e noi con i nostri figli e nipoti.

Avete presente il portone bianco di Miramare e il primo viale alberato poco prima di arrivare al castello? Ecco, circa a metà, sulla destra, c'è un vecchio albero, un leccio con un buco e un po' piegato sulla strada. Chissà cosa direbbe oggi e cosa avrà detto nel periodo sotto Covid con restrizioni varie, che me lo immagino là da solo...

'Vi ho visto! Almeno una volta nella vita vi ho visto tutti! Vi ho visto da piccoli con mamma o papà che vi alzavano in braccio per guardare cosa avevo dentro. Vi ho visto ritornare con il moroso, qualcuna di voi con l'abito bianco e poi con il passeggino e a vostra volta prendere in braccio il vostro pupetto o pupetta e mostrarle, come hanno fatto con voi, se in questo buco è nascosto un uccellino o uno scoiattolo. Con quel faccino curioso che si aggrappa un poco al vostro collo e un poco a me. Ah gli abbracci, quanto mancano anche a me! Sono abituato, da 150 anni, a veder passare gente rilassata, innamorata, curiosa.

Eh sì, ho visto anche loro, Massimiliano (non per tanto tempo) e Carlotta. Ma da un po' di tempo qua passa davvero poca gente, no, non c'è pace, c'è tristezza! E la maggior parte di quelli che passano sono in tuta e corrono: come un controsenso, il mondo sembra si sia fermato ma non c'è né il tempo né il modo di abbracciare un vecchio albero, né un albero, né un vecchio.

La scienza non sarà mai in grado di provarlo ma secondo me gli abbracci allungano la vita, guardate me che sono ancora qua! Ma ora per proteggere un tuo caro oggi devi rinunciare a darlo. Quando vi alzavano verso di me sentivo il vostro cuore battere forte, rimanere senza fiato e il tempo sembrava fermarsi, nelle braccia sicure e la vostra mente sognava. Se chiudete gli occhi sono sicuro che quella immagine in qualche cassetto della memoria la trovate facilmente.

Mi raccomando: dovrete ricominciare! Appena sarà possibile ricominciate! Ricominciate dall'A, B, C (Abbracci, Baci, Coccole). Anche voi omoni grandi e grossi non risparmiatevi e sfidatevi ad abbraccio di ferro perché nessuno è troppo grande per un abbraccio, tutti lo vogliono e tutti ne hanno bisogno. Ma ancora per un po' non si può, ma io sono qua! Non vedo l'ora di vedervi passare qua sotto, indossando finalmente di nuovo il vostro sorriso, che sta bene con tutto, e regalerete anche a me il vostro abbraccio. Vi aspetto. Ti aspetto!'"

Che dire se non che è stata una fortuna incontrare una racconta-storie del genere. Lei, però, ci tiene a specificare: "Scusatemi se questo era un po' malinconico, ma tantissimi di noi un po' più anziani hanno subito un duro colpo in quel periodo. Dai! Su! Raccontateci voi ancora qualcosa di divertente!"

36

Luca raccoglie l'invito di Patrizia e inizia a raccontare.

"C'è un altro scherzo riuscito benissimo con il sostegno di Andrea! Conoscendo l'avversione dei suoi genitori verso il Grande Fratello, ritenendolo inutile dopo la prima edizione che rappresentava la novità, abbiamo stampato in maniera perfetta il logo della trasmissione scrivendo una lettera in cui si dichiarava che, visto il provino effettuato in una tal data, la domanda di partecipazione al programma era stata accettata. Lei dovrà presentarsi in data _cs, ovvero due giorni prima dell'entrata nella casa a Roma, in via ipsilon, rammentando inoltre le regole del programma che prevedevano l'abbandono del cellulare. Mio fratello e sua moglie hanno storto un po' il naso ma della mia quotidianità non possono sapere tutto, quindi che io mesi prima abbia fatto un provino quando la troupe del programma era itinerante nella varie città poteva anche starc..

Il giorno precedente all'inizio del programma scrissi l'ultimo messaggio richiedendo un in bocca al lupo prima di mettere via il cellulare.

Per due giorni mi sono fatto gli affari miei e vi posso confidare che senza il telefonino non è che si stia così male, anzi! Nel contempo Andrea obbligò genitori, nonni e qualche amico a guardare il programma nel salotto della loro casa."

Interviene Andrea: "Ad ogni ingresso alzavamo tutti le mani in alto facendole vibrare urlando un ooooh prolungato fino alla delusione momentanea che non era ancora il turno di zio Luca. Non ne potevo più dal ridere e trattenersi al decimo concorrente entrato fu una sfida che stavo per perdere. Ma nessun sospetto aleggiava in quella sala, perché di concorrenti ne dovevano entrare ancora due. C'era sì un po' di sonno perché ormai avevamo superato da parecchio la mezzanotte, ma l'adrenalina e l'entusiasmo di vedere il nostro pazzo Luca entrare teneva ancora tutti sull'attenti".

Il racconto lo termina Luca, con non poche difficoltà dato che sta già ridendo: "Mi trovavo da qualche ora all'esterno della loro abitazione, forse mi sono anche addormentato a terra, quando sentii il segnale segreto di Andrea che assestò due pugni al muro giustificandoli come sconforto dato che nemmeno il penultimo concorrente era lo zio, ma subendo un piccolo rimprovero da mio fratello data l'ora tarda. Suonai il campanello, immaginando la perplessità di mia cognata su chi potesse essere a quell'ora".

"Confermo," dice Andrea. "Stupore è dir poco ma nessuno si stava immaginando il seguito, ci erano cascati tutti!"

"Quando mia cognata con dietro mio fratello aprirono la porta chiesi: 'Come sto andando?', ridendo come un pazzo. Mi presi una valanga di insulti e ad ogni esclamazione addirittura singhiozzavo dal ridere. 'Bastardo, io odio sto programma e mi hai obbligato a starci incollato!', 'Sei un cretino, ci credevo davvero e ho avvisato un sacco di amici anche!' e ancora 'Stavo per andare a scommettere su una tua vincita! Scemo!', 'Secondo te avrei vinto?', chiesi e in coro: 'Ma stai zitto va!'".

"Il bello è che nessuno associò il mio contributo allo scherzo, quindi ne uscii da bravo ragazzo, come sempre, ahahah!", concluse Andrea.

"Siete due adorabili ma tremende bronze coverte!", disse la sempre più stupefatta Patrizia.

37.

"Io vi ho raccontato che questa linea con questo capo-linea è la mia preferita, ma ne ho anche una un po' più antipatica," comincio a raccontare.

"Quando guido un autobus della linea 1 ho sempre un'illusione: che quelli che scendono dopo aver viaggiato con me da stazione a via Svevo attraversino la strada e raccontino a quegli utenti che mi stanno aspettando nell'altra direzione tutti i casini che abbiamo avuto in questo giro.

Eh già, perché la linea 1 non è proprio la più amata dagli autisti, perché ci sono una marea di variabili, potresti avere zero intoppi e riesci a fare la corsa nei diciotto minuti previsti così quelli che abitano in via Baiamonti non aspet-tano al capolinea di Sottoservola e partiamo subito.

Le variabili tolgono le certezze e pregiudicano la pun-tualità, dando così spunto ai brontolii anche di chi fretta non ne ha ma che, specifico, ha tutto il diritto di trovare il bus alla fermata come previsto negli orari aziendali. Però, in cinque minuti vorrei davvero raccontarvi il mio punto di vista: da stazione partiamo puntuali, ho visto la lista delle partenze controllate dal sistema satellitare e c'è un numero impressionante di partenze perfette. Credetemi!

Due turiste mi chiedono 'San Ghiusto?', ma vedendole

con le valigie domando loro: 'San Giusto cathedral e castle or hotel?'. Mi dicono 'Hotel', rispondo 'perfetto con questo bus vi porto proprio là'.

Ho esperienza sufficiente per prendere tutti i semafori verdi dietro la Tripcovich e arrivo in via Ghega, ricordo di aver avuto in affiancamento un ragazzo appena assunto a cui sudavano tantissimo le mani per effettuare questi passaggi equilibrati e alla fine dei suoi due giri di addestramento mi lasciò il sedile caldo e inzuppato di sudore e tensione! Sono al semaforo e proprio quando sto per chiudere le porte perché arriverà il verde, Marisa sbuca dall'angolo con via Roma, mi fa cenno con la mano di aspettarla.

'Ucia movite che montemo!'. Marisa mi ringrazia, Ucia no perché ha corso sette metri e non ha fiato, oltretutto la vedo molto perplessa.

'Scolta Marisa ma mi cossa fazo sula 1 che abito a Muja e me servi la 20?'

'Ucia, cussì posso contarte cossa che ghe xe nato a Claudio e dato che ne xe capitado l'autista bravo e cocolo ghe domanderemo se te poderà smontar dala porta davanti tra due e te speti la 20! Insoma che te conto: Claudio xe rimasto col colo duro!'

'Se ghe restava duro qualcossa de altro te ieri più contenta ah!'

Beh, diciamo che questo semaforo rosso imprevisto mi ha regalato una risata. Alla fermata successiva mi raggiunge un autobus della linea 6 proveniente dalle zone balneari, e da dietro il collega mi lampeggia e dà due colpetti di clacson che significano che qualcuno ha chiesto all'autista di venire con me. Bella cosa le coincidenze, da Barcola a san Giacomo senza aspettare è indubbiamente comodo.

Aspetto sta signora che arriva correndo, oddio correndo, diciamo che fa dei passetti corti e veloci sul posto con nelle mani la borsa del mare e un materassino. Che poi non ho mai capito perché chi accelera il passo verso di noi ride, forse perché non corre mai e vive un'emozione nuova o le ballano le tette o già ringrazia felice, boh! Fatto sta che abbiamo il rosso anche nell'incrocio con via Milano. Mi sa tanto che mi sto garantendo un paio de vaffa futuri ma fa niente.

Percorriamo via Carducci e mi chiedo chi ordina da mangiare alle dieci di mattina dato che ho un rider davanti, quelli con le biciclette elettriche e lo zaino grande dietro che deve essere molto pesante dato che va un po' a zig zag, se lo supero invado la corsia di chi percorre nel senso inverso. La sicurezza prima di tutto e pazienza se aspetteremo un rosso in più per girare in piazza Goldoni. Ecco, in piazza Goldoni sembra tutto bene, chi scende, chi sale, ma all'improvviso sento battere: ma da dove è saltato fuori questo qua?

Vi giuro che qualche volta penso che alcuni utenti escano dai tombini, cioè, non che siano collegati col sistema fognario ma che ci sia proprio uno Stargate, un passaggio che li materializza là perché vi giuro prima non c'era né a destra né a sinistra. Dal momento che sta anche uscendo dal supermercato Bosco un signore che ha fretta di prendere questo bus, non farò mica lo stronzo adesso che con una sosta in più facciamo due favori no?!? Però col prossimo verde caschi il mondo dovrò partire anche se mi corre incontro Belen.

La galleria è libera e quando sto per uscire dovrei girare a destra impegnando la corsia prevista, ma due automobili sono nella corsia centrale con una distanza di sicurezza tra loro che nemmeno a Rovigo con la nebbia si tiene. Nel frattempo un altro bus della stessa linea è partito da stazione. Suono il clacson, perché loro hanno sì il rosso ma io potrei passare, basterebbe solo che si portassero un po' più avanti. Niente, Marisa mi dice che stanno parlando di cose interessanti ed importanti tipo quando inizia la nuova edizione di Temptation island e che stando nel loro mondo ovattato non sentono.

Siamo fermi, d'altronde trattasi di variabili e possono capitare. Però qua stiamo bene, c'è un buon odore tipo Eu de Smog numero 5 misto all'odore di patatine fritte che arriva fin quassù dal McDonald. Incredibilmente piazza Sansovino e semaforo successivo filano via lisci. In via dell'Istria qualche domanda me la pongo. Se tutti questi scooter sono parcheggiati bene perché sto mona lo ha parcheggiato alla rovescia col bauletto tutto in strada? Scuole alte deve aver fatto, almeno quarto piano, e proprio difronte nell'altra direzione si ferma un auto, così le due corsie diventano nemmeno trequarti, sarà il compagno di classe di quello con lo scooter ah.

A volte mi chiedono 'Che mestiere fai?', 'Autista di autobus', 'Ah guidi anche la 10?', 'Ma nemmeno per idea, che a San Giacomo c'è gente che si incastra col motorino figurarsi passare con un 18 metri!'.

Proprio a San Giacomo mi capita una cosa fastidiosa: dovrebbe salire un invalido con la carrozzella ma la fermata è occupata. Lui ovviamente non può scendere dal marciapiede e per la pedana devo avvicinarmi. Suono e dopo un po' di tempo, quando mi vedono col telefono in mano, impauriti dalla multa saltano fuori tutti e spostano i loro mezzi: finalmente posso 'fare pedana'. La pedana sta uscendo ed un pedone non accortosi dell'invalido bussa violentemente sulla porta, centrale peraltro, da dove si scende! La gente all'interno gli urla di spostarsi, lui ribatte che deve salire. La pedana esce, rientra per non fargli male, lui non si sposta, la faccio uscire ancora sfiorandogli i piedi e lui dallo spavento fa un salto comico all'indietro tra le risate degli utenti. Salgono finalmente entrambi. Uno ringrazia, l'altro no.

Al passaggio pedonale successivo mi viene da ridere: uno alla volta, mi sembra che i pedoni si siano messi d'accordo per non attraversare tutti assieme ma a rate. Qua mi piacerebbe tanto una cosa, che il pedone dicesse: 'No, non c'è nessuna regola che dice che il mio tempo vale più del tempo di quei cinquanta che hai a bordo, io ho la precedenza sulle strisce ma fermo tutto e passa pure tu col bus!'. Mai successo in ventisei anni di guida. Mi spingo un poco. Così il prossimo dirà 'ecco, questi autisti sempre si spingono oltre!', ma ho imparato che ti mandano sempre a quel paese prima o poi, tanto vale spingere subito e scegliere da chi farti mandare.

Alt alt cosa succede? Ma come, neanche voi che leggete vi siete ricordati delle turiste? Dovevamo farle scendere! Per fortuna l'albergo non è lontano dalla prossima fermata, devono tornare un po' indietro ma facciamo bella figura lo stesso. Fermata, tiro il freno a mano, mi alzo in piedi, le cerco, le trovo, dico loro 'Hotel San Giusto!'. Mi rispondono 'Ghentile'. Boooh, ma se hanno i pollici in su e ghiusto era giusto allora ghentile sarà gentile.

Sorrido loro e sono contento di dare una bella impressione della mia città che amo follemente. Però adesso scendete, cioè so che con le valigie non potete fare veloci ma dovremmo andare che i vaffa che mi arriveranno si stanno accumulando.

Giù per Ponziana qualche slalom tra furgoni che scaricano e macchine in doppia fila, arrivo in via Pirano dove una macchina è parcheggiata davanti al bancomat proprio difronte ad un camion che scarica. Ma un poco più avanti era difficile? La signora dentro dal sedile passeggero urla al marito:

'Pinoooo movite che xe el bus!'

'Fazzo subito, no me ricordo el pin!'

Il pin di Pino! Ahahahah il colmo!

Arriviamo all'angolo tra via Pirano e Baiamonti ah che bella questa fermata, con una sola sosta in divieto puoi andare a prendere il pane, medicine e cibo per il gatto. E chi se ne frega se io devo invadere completamente la corsia di chi viene su rischiando.

Pedana sulla pedana fatta da nonno Berto per fortuna va liscia e il nostro amico scende e ringrazia simpaticissimo. Arriviamo al capolinea in ritardissimo, tant'è che dietro si materializza quell'altra 1 che non aveva Marisa e Ucia, nessuno fuori dallo Stargate, niente Temptation Island, nessuna pedana, nessuna turista, furgoni e Pino, tutti hanno già finito.

Vi ho detto: ci sono variabili, può capitarne una, cinque o zero. Quando ritorno indietro per Ponziana tutti guardano l'orologio vedendomi arrivare come se non sapessi io per primo che non siamo in orario.

Non è gratificante vedere facce scontente ve lo assicuro, piacerebbe anche a me viaggiare in una corsia preferenziale che sia tale, salutarvi tutti e ridurre lo stress a zero. Ma ecco la mia salvezza: Marisa! Marisa ha attraversato, chiacchiera con un'altra signora che deve venire con me, mi viene da pensare che tanta fretta questa Marisa non ce l'aveva da dover far correre la povera Ucia, ma fa niente. Marisa avrà raccontato tutto di questa corsa incasinata, che sono coccolo e ghentile e infatti questa signora viene proprio verso di me. Che bello, così mi scuserà con tutti gli altri utenti dentro. E invece cosa dice?

'Due uno attaccate! Che vergogna! Dove cazzo era, in bar?'

Marisa ma cosa mi combini? Non mi hai calcolato proprio! Allora tiro il freno a mano e scendo, inizio a cercare vicino alla porta, sul marciapiede e sotto la ruota. Un vecchietto si avvicina e mi chiede cosa sto cercando.

'La signora qua deve aver perso l'educazione prima di salire, qua da qualche parte ma non la trovo!'

Nessuna parolaccia, nessuna offesa perché passare dalla parte del torto è un attimo e dopo ti devi giustificare per il comportamento.

Come un trenino di due 1 attaccate andiamo a San Giacomo ma tutti vogliono venire con me. Sta a vedere che sono veramente coccolo e quello dietro non lo caga nessuno. Piuttosto ammassati ma con me!

Arriviamo in stazione, per fortuna pipì avevo fatto prima e quei minuti previsti di sosta sono diventati a malapena uno. Partirò in perfetto orario. Da Stazione. Dall'altra parte non garantisco, dipende anche da Marisa!

Ho finito il turno parecchio stanco e sconvolto ma proprio quando stavo chiacchierando con il collega che mi ha dato il cambio, arriva una signora a regalarmi un sorriso: 'Posso chiedere a lei?', indicando me. 'Chiedo a lei perché il suo collega ha proprio una faccia da mona!'. Ahahahah, pensavo fosse uno scherzo e che si conoscessero!!! E rido doppiamente perché quando sono in coppia il mona dei due sono io!!!"

38.

Un lampo ci fa voltare il capo, tutti dalla stessa parte. Ci accorgiamo subito che quella luce si ripete ad intervalli regolari. Da dietro la curva ecco sbucare il furgone dei meccanici che lentamente si sta avvicinando al nostro autobus. Scendono due colleghi che più che meccanici sembrano palombari da quanto sono bardati ed iniziano l'impegnativo montaggio delle catene da neve per tirarci fuori da qua.

Il loro intervento pone fine a questo strano salotto letterario e quasi di cabaret, un salotto tanto scomodo quanto accogliente e coinvolgente. Il brontolio della pancia che qualche biscotto offerto da Patrizia aveva solo in parte zittito ci fa ragionare che è decisamente giunta l'ora di rientrare e che scambiandoci i numeri di telefono potremmo replicare questo inaspettato incontro.

La risalita sui tornanti è lenta, accompagnata da quel rumore tipico, ripetitivo come il tutu-tutun di un treno e quasi assordante delle catene che rompono il manto nevoso arpionandosi all'asfalto. Impiego quasi quaranta minuti per rientrare in centro città ed è uno spettacolo vederla imbiancata come raramente accade. Saluto i miei amici di capolinea, raccomandando loro di scendere e camminare con cautela.

Ad un semaforo ammiro la città che ha subìto questa metamorfosi silenziosa, coperta da questa morbida trapunta bianca. È tutto rallentato, elegante, soffice e pulito. Come cantò Mina, la neve rallenta, modifica, ti ferma per farsi ammirare meglio, la neve ti riporta la mente ad altre nevi, ad altri sguardi, ad altre vite, a tutti gli inverni, a tutte le età che hai attraversato, anno per anno.

Qualche palla di neve colpisce anche l'autobus, ma una ragazza educata e sorridente alza la mano in segno di scusa ricevendone una in faccia dall'amica per quell'attimo di distrazione. D'altronde la neve porta qualche problema alla viabilità ma soprattutto tanti sorrisi.

39

Il turno di oggi risulta particolarmente pesante. Il manto stradale bagnato e la neve sciolta a bordo straca ghiacciatasi durante la notte mi obbligano a tenere altissima la concentrazione.

Non bastavano gli irriducibili scooteristi che sfrecciano con ogni sorta di meteo, ora bisogna scansare ed evitare anche i monopattini con quella velocità non adatta a delle mini ruote sull'asfalto umido.

Riesco raramente ad osservare con attenzione la "mia" utenza odierna, ma da quel che vedo gran parte di loro, come spesso accade purtroppo, hanno gli occhi fissi sugli schermi dei loro telefonini, anche signore di una certa età sono impegnatissime a pigiare tasti e scarrellare col dito chissà quanti post di chissà quale importanza e veridicità.

I più giovani hanno pure gli auricolari che li isolano ulteriormente dal contesto che li circonda. Alcuni quasi si irritano quando rimaniamo fermi in colonna in galleria perché perdono la rete internet, come se dovessero attendere la chiamata più importante della loro vita proprio in quei secondi e appena riavuta la connessione immagino vadano a riaprire i social che non si sa mai ci sia un nuovo post pubblicato dall'amico facebookiano mai incontrato di persona. Chissà quanti di loro si sono accorti che un writer, anzi sarebbe meglio chiamarlo un dust-remover, dato che per realizzare la sua opera sta rimuovendo lo sporco dalla parete della galleria, ha disegnato una donna nuda qui alla nostra sinistra. Per me che disegno un corpo umano usando una linea verticale per il busto, due V rovesciate per gambe e braccia ed un cerchio per la testa e poco più, quel disegno è da ammirare anche se fatto in un luogo particolare. Lo vedo io e osservando nello specchio retrovisore interno pochi altri.

Ci ragiono un po' su e risulta impossibile ormai per i genitori dire al figlio di non fare ciò che stanno facendo anche loro. Ricordo che da giovane rientravo a casa la sera tardi, mio padre aveva detto di tornare entro l'una, e se rientravo all'una e mezza lui era lì, era lì per dare l'esempio, era lì sveglio in pigiama che mi aspettava. Ma con il cellulare come si fa a dire di non fare ciò che fanno tutti? Ne consegue, però, che non si comunica più o si comunica in maniera diversa, dato che si preferisce commentare il film dell'altra sera sui social piuttosto che instaurare un dialogo come una ventina di anni fa.

Sicuramente esagero ed è forse un giudizio severo, ma davvero sembrano tutti presenti solo in parte, avendo un piede dentro nel grande niente digitale in cui mi infilerò anch'io tra qualche decina di minuti, perché al capolinea non avrò voglia di scendere data la temperatura esterna.

Quindi niente da rimproverare a nessuno dato che la scelta è comune, ma mi chiedo se sia forse questo il modo migliore per godersi il viaggio? Forse è la monotonia del viaggio compiuto due volte al giorno a far preferire un isolamento mediatico?

Quello che stride è sicuramente il confronto col sondaggio che ho letto qualche settimana fa sulla percentuale di persone che si sentono sole, e ho la netta sensazione che ci si possa sentire soli e non avere nessuno con cui parlare anche in mezzo alla gente.

A volte sembriamo tutti dimenticarci che la cosa più bella dei ricordi è crearli e viverli. E vorrei dire a questa ragazza accanto al posto guida che dandomi le spalle sta guardando un video di coetanei che si lanciano palle di neve, che nel piazzale del giardinetto qui accanto al semaforo rosso che ci sta tenendo fermi ci sono davvero ragazzi in carne e ossa che si lanciano palle di neve, pochi a dir il vero, io ci avrei passato ore alla loro età dato che non accadeva così di frequente.

Alla fermata successiva incrocio lo sguardo di una bambina. Avrà sì e no un anno e mezzo, non di più. Due codine che le danno un'aria da birbante ma gli occhi vispi sono velati da stanchezza e un po' di sonno.

Sta seduta a fianco alla mamma sul sedile davanti del bus, vicino alla porta anteriore. Il suo sguardo è fisso, ma non guarda fuori, non vede il mondo che corre là fuori. Sembra incantata a guardare più lontano e vedere un mondo suo, fatto di serenità, e forse rivive una scena di tranquillità familiare. Ma ogni volta che apro la porta, un po' per il rumore, un po' per le luci e le ombre che le appaiono là davanti, diventa uno stimolo per tirare due sonore aspirate al ciuccio. È impressionante come dal nulla riesca a creare un mondo. Lo facevo anch'io, ma non me lo ricordo, lo facevamo tutti e forse qualcuno ha anche una foto proprio di quel momento, con gli occhi che guardano oltre a quello che c'è da vedere. Arrivo ad incrociare lo sguardo di questa bambina solo per qualche secondo, ma sufficiente a farmi pensare che la Natura ci dà a tutti questa faccina sincera e limpida, ma che starà a noi meritarci la faccia che avremo a 50 anni e più.

Al capolinea provo a fare un esperimento: mi siedo dove era lei e guardo nella stessa direzione ma non arrivo a fermare lo sguardo aldiquà del vetro. Provo a chiudere gli occhi e di pensieri me ne entrano un'infinità. Sarebbe bello e utile riuscire a buttare tutti i pensieri negativi dietro ad una porta a doppia mandata! Penso ed è un casino: che mangerei un panino di mortadella, che se qualcuno mi vede mi prende per scemo, che qui fa abbastanza caldo e potrei togliermi il giubbotto, che che che che casino! Provo a pilotarli questi pensieri, penso: che va bene anche un panino con il formaggio, magari quel latteria che mi dava la nonna, anzi mangerei il suo ovetto alla coque preparato con tanto amore. Sorrido, chi mi sta guardando penserà che sono ancora più scemo, ma nessuno pensava questo della piccolina che era qua fino a qualche minuto fa, sarà ora di partire, chissà. Troppo casino, mi sa che chi pensa troppo vive poco! E non mi sono rilassato per niente, eppure lei questa confusione non ce l'aveva, ne sono sicuro.

Guardo per l'ultima volta fuori e penso che i pensieri siano come questo vento. Il pensiero della piccolina era un bel refolo pulito e dritto mentre i pensieri quando diventi "grande" vanno e vengono, sbattono sul muro, superano un albero e qualche volta tornano pesanti anche se fatti di niente, vanno a chiudersi in una valigia e ci ritroviamo a viaggiare con lei anche quando pensavamo di averla lasciata a casa. Quanto sarebbe bello riuscire sempre ad alleggerirne il peso. Altre volte i pensieri sono belli come l'aria pulita di una mattina di primavera: ti rinfrescano la faccia e ti accarezzano l'anima. Vabbè... mi sa che adesso avrei bisogno della nostra amata bora che come pulisce il cielo mi liberi il cervello.

40

Pronti a ripartire. Altro giro altra corsa direbbero alla giostra del Luna park.

A bordo ho già una decina di persone, attendo un'arzilla vecchietta prima di chiudere le porte, lei ringrazia ed esclama: "Uff che tempo! E con questa umidità non mi si asciugherà il bucato".

Ecco, dopo una giornata come quella vissuta ieri, in cui mi sono convinto che ogni persona abbia qualcosa da dire e che ci sia bisogno di pause in questo mondo frenetico dove sembra che nessuno abbia più voglia e tempo di ascoltare, sento questa frase per l'ennesima volta.

Ogni qualvolta c'è tempo umido qualcuno dice "la roba non si asciuga". Perché? Dopo "scende alla prossima?" e "mi può aprire la porta qua davanti?" è probabilmente la terza frase che sento con più frequenza. Cioè non è che sia una falsità, anzi è talmente ovvio da essere indiscutibilmente vero. E allora bisogna ribadirlo? E se fosse una password? Non scherzo, nel senso che quella signora avrebbe una gran voglia di parlare con qualcuno, potessi tirerei il freno a mano e la ascolterei sperando di trovare un'altra Patrizia, ma in qualche modo deve pur iniziare una conversazione con la gentile persona che le darà retta, se ci sarà.

Una frase banale che constata una difficoltà di tutti è il pretesto per dirne un'altra magari di maggior interesse, tipo... che ne so, che ieri è diventata bisnonna per la terza volta, che nonostante la neve la nipote è riuscita a raggiungere l'ospedale, ma non poteva farlo appena salita sul bus (io lo avrei fatto, pazzo come sono, ma rispettabilissima la stragrande educata maggioranza), così ha cercato la chiave per aprire il dialogo con qualche presente e pazienza se il conducente sta frase l'ha sentita sette volte oggi. Che poi, sarà vero che un'anziana attende proprio il peggioramento climatico per avviare la lavatrice? Ha così poca biancheria da dover far spesso il bucato?

Quando fra trent'anni raggiungerò la presunta età attuale di questa gentile signora spero di:

1.   avere un numero di mutande sufficienti a cambiarle ogni giorno;

2.   lavarle con regolarità, ma non andare in difficoltà per qualche giorno in più di tempo umido;

3.   avere una mente sana che mi ricorderà che girando con un uccello morto sicuramente puzzerò;

4.   qualche gocciolina in più dal pirillo, causa prostata, la perderò, motivo in più per stare attento;

5.   non dover dire banalità o anzi pubblicarle perché chissà come comunicheremo tra di noi tra trent'anni, avendo un numero di parenti e amici sufficienti per cercare un dialogo che rompa la solitudine;

6.   se proprio devo, dirle lontano dall'autista perché potrebbe essere esaurito come me trent'anni prima.

L'impegno richiesto alla guida non mi permette di capire se la tattica, se di tattica si tratta, abbia funzionato. Rimane però la convinzione che esistano tante storie dietro ad ogni utente. E proprio quando mi convinco che tutti possiamo dire qualcosa che interessi agli altri mi accingo ad effettuare una fermata. Intravedo in punta alla fermata un uomo elegante, molto curato in ogni dettaglio mentre un uomo probabilmente coetaneo ma con abbigliamento molto più grezzo sta accelerando il passo, rincorrendo il bus cercando il saluto di questo conoscente distante. Fatto sta che uno sale dalla porta anteriore e attendo l'altro per farlo salire dalla porta posteriore. Appena salito un urlo parte da dietro: "Giacomo! Giacomoooo! Ciao! Te son ancora culaton?". E come in una partita a tennis tutte le teste che erano rivolte da una parte, attirate da quel nome urlato con gran foga, si girano verso la parte anteriore del bus. Un simile imbarazzo lo vivo ogni qualvolta prendo un ascensore con mio figlio, perché seguendo le orme paterne si diverte sempre pronunciando la frase "Papà hai scorreggiato?", spiazzando sia me, nonostante sia abituato, che i malcapitati utenti stretti in quello spazio angusto. Una giovane ragazza evidentemente turista sembra chiedere alla vicina di posto "What does he said?" dato che è stato capace di richiamare l'attenzione di tutti con quella domanda fuori luogo, senza senso e grezza in dialetto ma chiara a tutti.

Ora... in ventisette anni di guida, nei miei ottocentomila chilometri percorsi, pari al viaggio dalla Terra alla Luna andata e ritorno, o venti giri del Mondo all'equatore, con un milione di fermate effettuate con verosimilmente un paio di milioni di persone trasportate, ventimila animali in gran parte cani ma anche gatti nei loro trasportini, qualche pappagallo, una capra, un piccione salito regolarmente dalla porta posteriore e sceso da quella centrale, un'innumerevole quantità di zanzare che tormentano ogni autista, soprattutto all'inizio del servizio dopo la sosta notturna nel deposito, diverse "scimmie" addosso a persone di ogni età, ho portato sposi nei loro abiti, ho assistito a primi baci tra giovanissimi, ma anche a qualche litigio probabilmente di fine relazione, ho contribuito a far arrestare quattro borseggiatori, ho visto ragazzini ricopiare in fretta e furia i compiti che dovevano essere "per casa" e universitari preparare le loro tesi dimenticandosi di scendere da quanto erano impegnati e concentrati, insomma ne ho vissute di ogni e le ho raccolte in un libro divenuto best seller... ma di dover assistere ad un outing urlato, per quanto non me ne possa fregare nulla di quale orientamento politico, religioso e tantomeno sessuale sia un mio utente, beh, mi mancava.

Per fortuna arriva la salvezza per tutti ovvero il cellulare: come accade a quei calciatori famosi che escono dallo spogliatoio con il telefono all'orecchio in una conversazione, vera o finta che sia, che non dà adito ai giornalisti di disturbarli o interromperli, a quell'uomo grezzo squilla il telefono impegnandolo in una conversazione anch'essa alquanto maleducata, mentre il distinto signore digita qualcosa sul suo rimettendo al loro posto gli sguardi dell'utenza forse divertita, forse imbarazzata, spero altrettanto menefreghista sulla risposta a quella domanda "urlata".

Beh, in effetti forse non tutti hanno cose interessanti da dire!

41.

Essendoci scambiati i numeri di telefono ci siamo accordati di istituire un ritrovo, forse bimestralmente, ogni volta in un posto diverso, come fossero tappe di un viaggio.

Andrea ci racconta di essere diventato il cocco della prof di italiano: ha associato la voglia di scrivere al piacere di condividere emozioni con lo stile di Patrizia, prendendo un gran bel voto con un tema sulla maternità:

"SPINGI!"

"... Ma spingi cosa??? Che non vedo niente e non so dove far perno!"

"RESPIRA!"

"... Ma cosa stai dicendo?!? Che adesso ho anche tutto il naso schiacciato! Apri queste ante!"

"ULTIMA SPINTA DAI!"

"... Ah ma non stai parlando con me, ma con quella dietro a me! Ecco che vado... arrivooooo... e spegnete sta luce che non vedo più niente! Fino a mezz'ora fa ero tutto bello e adesso ho un naso patatoso e gli occhi gonfi! Ahia! Ahiaaaaa! Ma chi mi sta schiaffeggiando il culetto? Cos'è che devo fare? Devo piangere? No guardi signora, non ne vedo proprio il senso! Ahiaaa! Ma ancora? Ok, facciamo così: io dico 'unghe ungheee' e lei mi lascia in pace. Ecco, brava, ora mettimi giù, grazie! Aspettate che provo ad aprire gli occhi: allora, questo alto con la barba sfatta sta piangendo, e ti credo! Si sarà reso conto di come è vestito! Ti rendi conto che hai una cuffia orribile verde con un orecchio dentro e l'altro fuori? Che qua c'è un sole tremendo e tu indossi una mantellina verde che chiama pioggia? Per non parlare delle scarpe in coordinato! Ascolta: dammi il tempo di organizzarmi e andremo a comprare dei vestiti insieme dai! E adesso cosa mi stai dicendo? Cici cicci cicci! Lo sai che rischi di sputarmi addosso con tutte queste ci? Dimmi qualcosa con l'acca aspirata per cortesia! E la tua voce me la ricordo: un mese fa pensavi di farmi pam pam sul culetto e invece era la mia testa! Ero protetto sì ma volevo dormire, fino a quando mi sono girato in quel po' di spazio e ho sentito due urla fortissime da farmi prendere un colpo! Vai via tu! Vai via con quelle forbici! Cosa vuoi tagliarmi? Dove stai puntando? Attenta! Sono mesi che me lo sto curando e ho tanta fiducia in me stesso per questa roba enorme e lunga... e tu vuoi tagliarmelo? Noooo! Ah ma non mi fa male! E il gigio è un po' più sotto per fortuna, menomale! E adesso? Ahahahahah chi mi sta facendo solletico sul piede? Ah che ridere! Unoduetrequattrocinque! Di nuovo lui, mi conta le dita? Ahahahahah anche quell'altro adesso! Unoduetrequattrocinque. Contento? Anche la mano? Cinque anche qua hai visto? Sedici, diciassette, diciotto, diciannove, venti... e ventuno tiiin! Ah ma tu sei proprio fuori! Quello è il mio gigio! L'ho capito io in poco tempo e tu ancora niente? Però non sei affatto male, mi fai molto ridere sai?

È da un minuto che sto davvero a mio agio. Questo respiro lo conosco: quattro respiri corti e uno un po' più lungo. Il battito del cuore che mi ha accompagnato per nove mesi. E allora fammi provare ad aprire gli occhi e guardare verso su. Ed eccola là! Sguardo più bello non esiste! E non perché sono al mondo da due minuti ma perché mi fai capire tutto. Capisco che anche se sei spettinata, con gli occhi rossi e la bocca screpolata, saresti stata disposta a fare ogni sforzo per avermi. Capisco che questo è il posto più bello e sicuro che mai potrò trovare. Mi arriva tutto il tuo amore. Capisco che le tue parole fermeranno il mio pianto e che il tuo sorriso sarà il mio. E spero, che fra tanti anni quando ti troverò così stanca, di avere l'umiltà e la sensibilità di non chiederti altro ma di riuscire a restituirti tutto quello che ho ricevuto.

A mamma. Alle mamme. A te."

*Puoi ascoltare questo racconto
scansionando questo QR Code*

42.

Luca ci racconta di qualche nuovo scherzo divertente. Delle conquiste femminili ne parla sì ma al passato, di quelle avvenute anni fa dato che l'asmatica ha risolto il suo problema trovando il suo posto ideale al mare accanto a lui.

Patrizia ha dovuto vincere l'iniziale titubanza della sua famiglia che l'ha messa in allerta, "occhio alle truffe mamma!", le hanno detto, dato che ritrovarsi con tre maschi conosciuti per strada, anzi in autobus, non suona proprio benissimo!

Ci racconta degli amati nipoti e di quanto la impegnino (per fortuna, aggiunge), ma oltre ad essere una nonna sprint ha istituito ed organizzato un salotto letterario una volta a settimana in un bar, con una bella saletta interna dove persone di ogni età possono ritrovarsi e condividere emozioni scritte o disegnate o semplicemente vissute.

Ha inoltrato domanda anche all'azienda dei trasporti. No, no! Non per guidare ma per avere la possibilità ogni tanto di organizzare un salotto letterario a bordo di un autobus, in giro per la città, possibilmente guidato da Ugo Pastaesugo.

E poi ci sono io.

In autobus continuano a capitarmi di ogni e se non capitano a me raccolgo e racconto quelle più divertenti di qualche collega che come me ama il sorriso e ama la vita.

Vorrei vivere sempre con questo trasporto ed arrivare alla pensione col sorriso. Mi piacerebbe continuare a fare altri viaggi incontrando altre belle persone anche stando fermo al capolinea.

In questi giorni ho pensato molto alla grande storia d'amore di Patrizia come, forse, non ne esistono più nelle nuove generazioni e quell'idea romantica che ognuno di noi abbia un unico grande amore.

In pochi minuti ho scritto "il delfino", è uscito così, con facilità, usando un po' il suo stile, d'altronde la location e i personaggi ce li avevo già.

Ho stampato il racconto, l'ho incorniciato all'interno di un quadretto azzurro e blu.

Eccolo:

Guarda! Ho la coda pinnata! Ho una pinna sulla schiena! Sono un delfino.

Vi spiego: da umano ho vissuto a Trieste ed il 16 agosto di tanti anni fa mi trovavo nel porticciolo di Grignano, una piccola località balneare situata all'uscita del parco di Miramare con il suo elegante castello bianco affacciato sul mare. Stavo riempiendo una bottiglietta d'acqua alla fontanella, data la calura estiva, quando mi accorsi che dietro di me c'era una bellissima ragazza.

La riempii solo a metà per lasciarle spazio e lei mi ringraziò cortesemente, apprezzando molto quella piccola gentilezza. Quando il suo bicchiere fu pieno, non so perché mi venne istintivo fare cincin toccando con la mia bottiglia il suo contenitore.

Ci guardammo negli occhi e... colpo di fulmine è dir poco.

Da quel momento siamo stati sempre insieme, poi figli, nipoti e tantissime altre cose.

La vita, però, prevede che uno se ne vada prima dell'altro e toccò a me lasciarla sola. Per ridere e sdrammatizzare un po', le avevo sempre detto che un amore così non sarebbe mai finito e avrei fatto di tutto per reincarnarmi in un delfino per poterla incontrare ancora.

E adesso eccomi qua, sono un delfino ma non ho idea di dove io sia.

Aspettate! Gnam gnam!

Mi è passato vicino un calamaro e d'istinto l'ho mangiato. Devo dire che erano buonissimi fritti ma anche così non sono affatto male.

In geografia, quando da piccino andavo a scuola, avevo "sei meno meno" (e solo perché copiavo dal mio compagno!) quindi di coste frastagliate e coste sabbiose ho a malapena un vago ricordo.

Non ho punti di riferimento.

Ho un gran senso dell'orientamento sì, ma potrei essere ovunque.

Vado ad osservare questa nave ma niente, ha scritte incomprensibili.

Quest'altra nave, invece, puzza parecchio e me ne sto alla larga.

Ma la scritta su quella nave bianca laggiù mi ricorda qualcosa.

Sono tante ore ormai che la affianco e la seguo.

Ecco, d'ora in poi, se vi capiterà di vedere qualche delfino nuotare sotto la prua, forse non lo farà solo per divertimento, ma potrebbe essere anche lui pieno d'amore e speranza.

La temperatura dell'acqua è cambiata un paio di volte e adesso è molto più torbida.

Aspetta! In lontananza, laggiù nella foschia, riconosco quel campanile!

È San Marco! Quindi se da Venezia viro a destra...

Prima pagina de Il Piccolo, il quotidiano triestino: "Ecco i favolosi scatti del delfino giocherellone".

A casa di lei: "Zia, ziaaaa, hai letto il giornale?"

"Piccola mia, son passati già quattro anni, ho seguito delfini in ogni zona, ho viaggiato e raggiunto ogni città ove ne veniva avvistato uno più vicino alla costa, ma queste illusioni mi fanno più male che bene!"

Poco dopo: "Nonna, nonnaaaaa, guarda rai3 regionale!"

"Apriamo il telegiornale odierno con questo fantastico video: un delfino, un giovane maschio, che schizza i bagnanti e salta oltre una canoa di giovanissimi atleti spaventati ma divertiti."

Ora mi trovo vicino al molo Audace, davanti a Piazza Unità d'Italia.

Ho fatto di tutto per farmi notare e adesso inizia a far buio.

Pim pum parapam!!! Che spavento! Ma cosa sono questi continui lampi e tuoni? Il cielo mi sembrava sereno. Fuochi d'artificio!

Quindi, se la gente che vedo è in infradito e maniche corte e stanno facendo festa... molto probabilmente è Ferragosto. Domani c'è solo un posto dove devo farmi trovare.

Questa notte non ho dormito affatto, mi sono goduto i panorami, le luci della mia città, il faro e i castelli. Sono stato proprio fortunato a vivere qui.

È mattina. Allora, fammi controllare, se qui c'è il castello bianco, dovrei girare a destra e trovare il porticciolo.

L'emozione mi ha mandato in avaria il senso dell'orientamento per qualche secondo e mi ritrovo nel mini porticciolo con la piccola sfinge da dove la Principessa Carlotta salutò Massimiliano d'Asburgo.

Proseguo e quando trovo Grignano eccoli là: quei piedi a sfiorare l'acqua. Ho un brivido: quei piedi li riconoscerei tra mille, lei girava sempre scalza per casa, appena poteva si toglieva le scarpe e camminava libera, naturale, con quella sua voglia di vivere allegra. Ricordo che sul divano li infilava sempre sotto il mio culo.

Quanto mi mancano quelle dita che si muovevano lì sotto! No, non sono alluci-nazioni (scusate, ho sempre fatto battute, hihihi alluci, bella questa! Quanto vorrei dirla a lei e farla ridere ancora).

Lei mi lancia un pesce, penso mi abbia visto.

Cazzarola io non le ho portato niente, ma come avrei potuto? Non ho tasche, non ho mani. Sul fondo, vicino ad un'enorme scarpa da uomo (chissà chi l'avrà persa proprio qui accanto al molo?), trovo un barattolo di Coca-cola abbandonato da qualche asino. Basterebbe questa lattina per farmi riconoscere dato che ne bevevo parecchia ma voglio fare di più. Stacco l'anellino dalla linguetta e all'interno ci incastro la pietra più bella che trovo, non è proprio un anello ma si capisce.

Decido di portarle prima la Coca Cola, mi avvicino lentamente e i suoi occhi si illuminano, grandi, belli, come sempre.

Mi sfiora il muso, tremo, mi prende via il barattolo.

Mi allontano lasciandola immobile da quanto è sorpresa. Quando mi ripresento con l'anello chiudiamo d'incanto gli occhi, mi appoggio a lei, il mio fianco è sulle sue gambe, mi accarezza, mi sembra di essere tornato sul nostro divano.

È uno scambio continuo di emozioni, di elettricità quasi. Restiamo così non so nemmeno per quanto tempo fino a quando sento che lei vorrebbe buttarsi verso di me.

La blocco con il fianco.

Amore mio, cura i figli e i nostri amati nipoti e dopo non aver paura: chiedi al buon Signore di rinascere delfinetta e anche se sarai nel Pacifico ed io nell'Adriatico ti troverò e torneremo a fare due salti insieme.

Ci siamo abbracciati.

Con trasporto.

Puoi ascoltare questo racconto
scansionando questo QR Code

RINGRAZIAMENTI

A chi ha avuto il piacere di leggere, io ho avuto il piacere di scrivere.

Grazie a chi ha recensito "La smonta la prossima? Una vita in corriera" riempiendomi di complimenti e spronandomi a scrivere ancora. Con tante lettrici e tanti lettori ho instaurato un rapporto di amicizia con continui scambi di opinioni e aneddoti ed è un po' quello che è accaduto al capolinea raccontato in questo libro.
Grazie alle amiche e amici di Facebook de "I racconti di Dade".
Eh già, perché prima di diventare il libro che avete tra le mani alcuni di questi racconti sono stati e sono tuttora una pagina social (venite a salutarmi se volete).
Prima di ogni racconto trovate scritto "per chi ha il piacere di leggere, io ho voglia di scrivere" a testimoniare che non cercavo di piacere per forza a tutti i costi o di attirare l'attenzione con qualcosa in cui non credo, ma semplicemente avevo e ho voglia di condividere quello che viaggia nella mia testa e nel cuore mettendolo per iscritto. E a proposito di viaggi, praticamente tutti gli spunti sono arrivati guardando il mondo e la mia città dal bus che guido ogni giorno.

Quei pensieri viaggiavano con me e al capolinea erano loro che mi trasportavano. Eh già perché per sentirsi trasportati ed emozionati da qualcosa non occorre andare tanto lontano.

Le emozioni sono dentro e bisogna solamente riuscire a farle uscire e lasciarsi trasportare.

Trasporto: che parola strana, dal doppio significato, trasporto bestiame, liquidi infiammabili, e la mia utenza quotidiana. Ma vuol dire anche entusiasmo, passione. Perlomeno curioso che entrambe siano parte fondamentale della mia vita.

Proprio i commenti che mi ritrovavo sotto ogni storiella mi hanno dato spunti continui, entusiasmo e voglia di scrivere ancora e di trasformarli in libro.

Aggiungete anche che gestendo una pagina facebookiana ti danno statistiche di ogni tipo. Oltre ai likes, alle condivisioni e ai commenti ti raccontano anche quante persone hanno letto ogni singolo racconto, l'età, il sesso di chi ha letto, la zona di residenza... e qua voi direte: Trieste ovvio! Ma con grande orgoglio questi racconti sono arrivati in tutta Italia e non solo, anche in Australia, in Argentina, in America, emozionando concittadini e non all'estero e le loro nuove famiglie che con commenti e messaggi mi hanno letteralmente fatto piangere da quanto sono riuscito a trasmettere.

Numeri, freddi numeri ma che alla fine contano: se più di quindicimila persone hanno letto il "delfino", se i complimenti non sono comprati come certi voti o false recensioni, se il popolo dei social decide di soffermarsi un attimo in più su un post lungo che *orca quanta roba xe de leger qua!"* e non è la solita barzelletta di quattro righe o più spesso il brontolio su qualcosa che non va ma che posso leggere in dieci secondi, se richiedi qualche minuto in più in questa vita frenetica ma che ti restituisce in emozioni e ti ripaga subito...

Beh, portare tutto questo all'editore (che mona non xe de sicuro! Ahahahah ciao Diego) ha portato a creare questo libro come logica conseguenza.

Quindi grazie a voi, amiche (68% di cui il 70% tra i 50 e i 70 anni) e amici (32%: uomini, dovete leggere di più!) della pagina "I racconti de Dade", voi sapete quanto avete contribuito e quanto io ve ne sia grato.

Grazie a Nicoletta e Alessandro, per aver dato voce e vita alle mie storie.

Grazie a Raffaella, il punto esclamativo della mia vita.

SOMMARIO

WHITE COCAL PRESS
libri e morbin a Trieste

DIALETTO

La testa per intrigo (2023)
Corrado Premuda

Troppo triestini (2022)
Paolo Pascutto

I diari de Siora Jole (2021)
Davide Calabrese

Il dialetto nel Porto di Trieste (2021)
Nereo Zeper

I soliti veceti (2020)
Raimondo Cappai e Paolo Stanese

Le disgrazie del tran de Opcina (2019)
Diego Manna

The Origin of Nosepolis (2018)
Diego Manna

L'amor al tempo del refosco (2018)
Laura Antonini e Stefano Bartoli

Monon Behavior (2017)
Diego Manna

NARRATIVA

Le signorine in cuffia (2023)
Barbara Battistelli

Omicidio no xe per barca (2022)
Raimondo Cappai e Paolo Stanese

I briganti della Carnia (2022)
Francesco Boer

C'era una volta a... Triestewood (2021)
Andrea Martinis

Il sipario sul divano (2021)
Gianfranco Pacco

Edda leggendaria da Trieste lungo la via
degli dei (2021)
Edda Vidiz

Trieste città dell'Oktoberfest (2019)
Dino Bombar

La magia di Trieste (2019)
Erica Bonanni

L'Osmiza sul mare (2016)
Diego Manna

UMORISMO

Casa mia, casa mia - Come tirar 'vanti
nela giungla del cemento triestin (2022)
Chiara Gily e Francesca Sarocchi

La smonta la prossima? - Una vita in
corriera (2021)
Davide Destradi

Triestini e napoletani (2017)
Micol Brusaferro e Chiara Gily

MANUALI DEL MORBIN

Ocio de soto (2023)
Gianfranco Pacco

50 cose da non fare in Friuli (2021)
Mataran

Trieste cinica - dal no se pol al no ga
senso (2021)
Vile&Vampi

50 cose da non fare a Trieste (2020)
Andrej Prassel

Meio un omo ogi e uno doman (2020)
Flavio Furian e Massimiliano Cernecca

Il manuale della boba de Borgo (2019)
Flavio Furian e Massimiliano Cernecca

Il libri des rispuestis furlanis (2018)
Felici ma furlans e Andrej Prassel

El libro dele risposte triestine (2017)
Andrej Prassel

STRAFANICI
Sirene e cocai (2022)
Sabrina Gregori e Chiara Gelmini

Mati drio el balon (2021)
Giuseppe Vergara e Chiara Gelmini

Sua maestà Capo in B (2020)
Micol Brusaferro e Chiara Gelmini

Animali triestini e dove trovarli (2019)
Giulio Giadrossi e Chiara Gelmini

Inps factor - i veci de Trieste (2019)
Micol Brusaferro e Chiara Gelmini

Libero libera tutti (2019)
Francesca Sarocchi e Chiara Gelmini

Mirella Boutique (2018)
Micol Brusaferro e Chiara Gelmini

Ciacole al Pedocin (2016)
Micol Brusaferro e Chiara Gelmini

El Pedocin (2015)
Micol Brusaferro e Chiara Gelmini

STORIA
L'aquila è la pace (2023)
Giorgio Sclip

Il calcio a Trieste (2022)
Bruno Gasperutti

Vita a Palazzo Silos (2021)
Annamaria Zennaro Marsi

Trieste 1719: quando gli Asburgo scoprirono il mare (2019)
Edda Vidiz

Tergeste, dove regna la bora (2018)
Edda Vidiz

PUPOLI
Vox Pupoli (2020)
Vile&Vampi

La leggenda della Bora (2020)
Edda Vidiz e Bernardino Not

STRUCOLETI - per bambini
Arturo - Un cane di Trieste (2022)
Emily Menguzzato e Raffaele Lodolo

Laila impara el triestin (2021)
Nicole Vascotto

Strafanici per tuti i cantoni de Trieste (2021)
Cristina Marsi e Dunja Jogar

La trisnonna Clementina e la Risiera di San Sabba (2020)
Alessandro Slama e Roberta Zucca

Sisì, Ottone e la cantina musicale (2018)
Zita Fusco e Fabrizio Di Luca

SAN NICOLÒ - per bambini
Le zavate de San Nicolò (2021)
Cristina Marsi e Ingrid Kuris

San Nicolò e el pesseto galo (2021)
Cristina Marsi e Ingrid Kuris

Le mudande de San Nicolò (2020)
Cristina Marsi e Ingrid Kuris

San Nicolò e i Krampus (2020)
Cristina Marsi e Ingrid Kuris

La bereta de San Nicolò (2019)
Cristina Marsi e Ingrid Kuris

GIOCHI
Le cronache della Biosfera (2023)
Diego Manna e Sara Peschini

Tachite al tram (2022)
Diego Manna e Erika Ponchin

Barkolana (2017)
Diego Manna e Erika Ponchin